KB262486

은헌 新무협 판타지 소설

FANTASTIC ORIENTAL HEROES

마존유랑기 4
은헌 新무협 판타지 소설

초판 1쇄 찍은 날 § 2009년 1월 8일
초판 1쇄 펴낸 날 § 2009년 1월 19일

지은이 § 은헌
펴낸이 § 서경석

편집장 § 문혜영
편집책임 § 문정흠
편집 § 서지현

펴낸곳 § 도서출판 청어람
등록번호 § 제1081-1-89호
등록일자 § 1999. 5. 31
어람번호 § 제2-1656호

주소 § 경기도 부천시 원미구 심곡2동 163-2 서경B/D 3F (우) 420-822
전화 § 032-656-4452팩스 § 032-656-4453
http://www.chungeoram.com
E-mail § eoram99@chollian.net

ⓒ 은헌, 2008

ISBN 978-89-251-1641-9 04810
ISBN 978-89-251-1509-2 (세트)

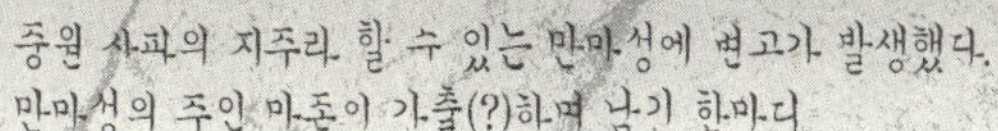

중원 사파의 지주라 할 수 있는 만마성에 변고가 발생했다.
만마성의 주인 마존이 가출(?)하며 남긴 한마디

'잘 먹고 잘살아라!'

마존 유랑기

"그놈? 그놈은 없는 사고도 만들어서 치는 놈이야."
움직이는 것 자체가 사고인 마존의 무림 유랑이 시작된다.

4

은헌 新무협 판타지 소설
FANTASTIC ORIENTAL HEROES

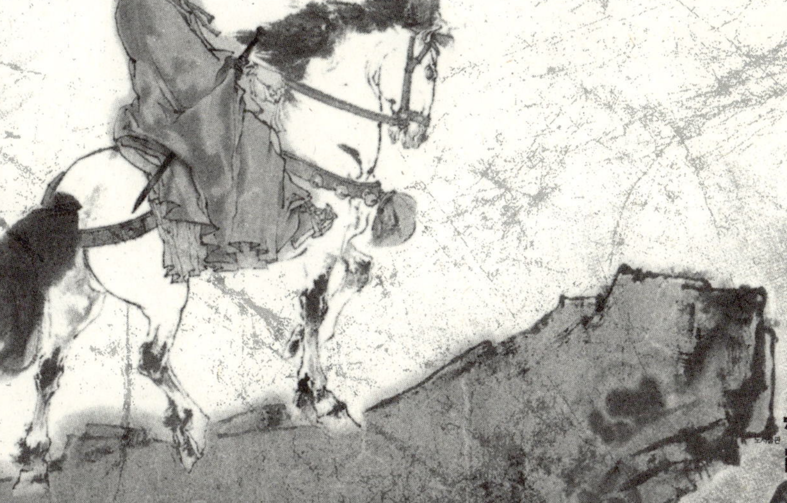

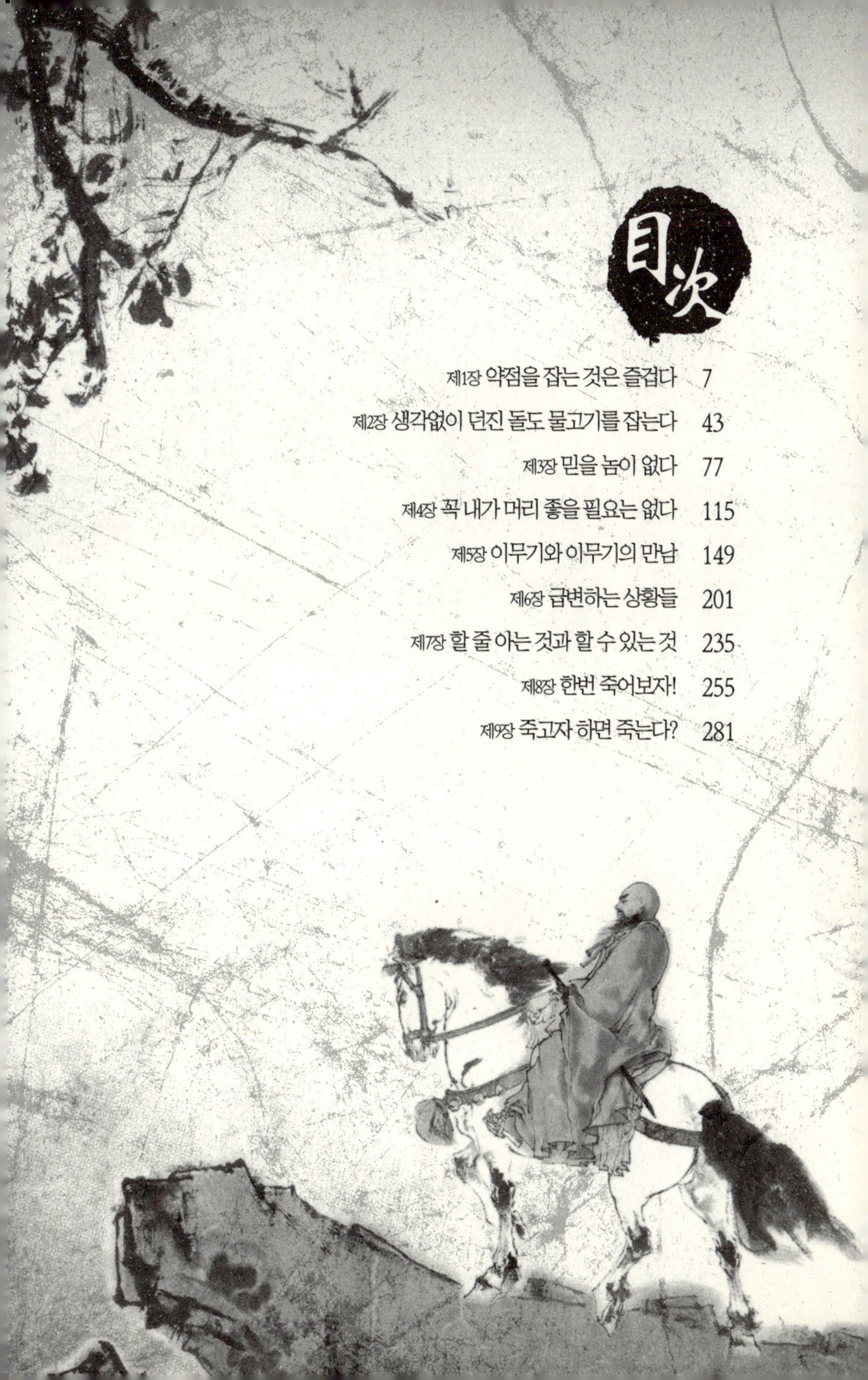

目次

第一章
약점을 잡는 것은 즐겁다

魔蒼 漂流記 마존 유랑기

일행이 늘어나자 마존은 더욱 답답함을 느꼈다.

같이 가는 떨거지들도 많았지만, 그들을 감시하는 인원도 많았기 때문이다.

주위에서 느껴지는 것들은 문제가 되지 않았다.

멀리서 있는 듯, 없는 듯 그들을 바라보고 있는 시선이 문제였다.

딱히 꼬집어 말할 수는 없었지만, 그 시선은 분명 자신을 향하고 있었다.

'어떤 놈이지?'

거리로 따지자면 최소한 백 장은 되는 것 같았는데, 그것도 정확한 것은 아니었다.

바로 옆에 있을 수도 있고, 더 멀리 있을 수도 있었다.

'흠, 이놈들보다 강할까?

소림의 자존심이라고 불리는 사대금강.

시선에서 발해지는 기운은 결코 사대금강의 아래가 아니란 생각이 들었다.

'언젠가 느껴본 것 같은데.'

요즘 들어서 기억력이 상당히 좋아진 마존이다.

예전에는 아예 기억도 나지 않던 것들이 새록새록 떠오르고 있었다.

그렇지만 지금 이 느낌은 떠오르지 않았다.

아마, 당시에도 실체를 만나지 못했기 때문이리라.

어제 날아온 전서에 적힌 충격적인 사실 때문에 강서로 향하는 인원은 다시 여섯 명으로 줄어들었다.

그런 그들의 얼굴은 굳어 있었는데, 내용에서 유추할 수 있는 결과가 최악이었기 때문이다.

신녕현의 천봉산에서 흔적 발견. 격전이 있었던 것으로 보이고, 그 주변 동굴에서 무언가를 실험한 것 같은 시설이 있었음. 현재 조사 중.

공허의 모습을 찾을 수는 없었지만, 대단한 격전이 있었다는 것을 암시하는 폐허는 존재했다.

많은 돈을 들여서 호남의 서남쪽을 이 잡듯이 뒤진 결과였다.

그리고 발견된 동굴.

그 동굴 입구가 무너져 있어 발굴하는 데 어려움이 있었지만, 무인들을 동원한 결과 빠른 시간에 안을 확인할 수 있었다

현재는 그곳을 조사하기 위해 신의와 사대금강이 출발한 상태였다.

격전의 흔적과 의문의 인물이 말했던 것으로 공허의 죽음은 거의 기정사실화되었다.

그렇기에 혈문을 찾아가는 이들의 마음은 무거웠다.

사대금강이 떠나가자 자신에게 향한 시선이 줄어들 것이라 생각했지만, 헛된 바람이었다. 사대금강이 떠나갔어도 여전히 그 시선은 마존을 감시하고 있었던 것이다.

'쳇! 뭐 주워 먹을 게 있다고 날 따라다니는 것인데?

사대금강을 만나면서 느껴진 시선은 사대금강보다 자신을 감시하는 것이 더 중요하다고 생각했나 보다.

'이것들이 왜 지랄이야?

마존은 자신을 감시하는 눈길에 화를 내고 있지만, 소림이나 무림맹으로서는 당연한 일이었다.

아무리 검이 조화를 부렸다지만, 검강으로도 어쩔 수 없던 것을 마존이 처리를 했다는 것 자체가 그들의 관심을 끌었고, 또한 그 시기가 미묘했기 때문이다.

소림이나 무림맹은 이것이 혹시나 꼬리를 자르기 위한 미끼인 것이 아닌가 하는 생각을 가지고 있었고, 그것을 담당한 것이 마존이 아닐까 하는 의심을 하고 있었다.

차라리 검이 누가 봐도 신검이라고 치부할 만큼 뛰어났다면 마존에 대한 의심의 수준은 줄어들었을 것이다.

하지만 그것이 아니었다.

아무리 뜯어보고 살펴봐도 재질을 알 수 없는 단단한 검이란 것만 빼면 특별한 게 없었던 것이다.

날카로운 날은 명검 수준이었다.

딱 그것뿐이었다.

어찌해서 그 같은 조화를 부렸는지 아무도 알아낼 수 없었다.

생각 같아서는 마존을 조각조각 내서라도 조사하고 싶지만 차마 그렇게는 못하고 감시만 하고 있었다.

그러나 그것도 만일 공허에게 무슨 일이 생겼다는 것이 확실하게 밝혀지고, 마존에게 조금이라도 이상한 혐의점이 발견된다면 모를 일이었다.

그렇기에 마존은 중요 인물이었다.

그리고 다른 이유는 사대금강에 대한 믿음이었다.

사대금강은 누군가의 보호가 필요하지 않는 이들이었고, 청운자 등은 그에 비해 무력이 달리는 입장이었다.

그렇기에 시선이 남은 이유는 마존과 철운영에 대한 감시도 있었지만, 일행의 보호가 더욱 큰 이유였다.

한마디로 마존은 착각 속에 빠져 있는 것이다.

'이놈의 영감탱이는 왜 죽어 나자빠져서 사람을 귀찮게 해?

여전히 의문이었다.

그때 느꼈던 공허의 강함은 정말 장난이 아니었으니까.

오죽하면 마존이 두 손 들고 항복을 했겠는가.

'진짜 죽긴 죽은 건가?'

혈마강시라는 것들을 상대하면서 정말 단단하다고 느꼈지만, 그것뿐이었다.

상대 못할 정도는 아니었던 것이다.

자신도 쉽게 상대했던 것을 공허가 상대하지 못할 이유가 없었다.

물론 자신이 상대한 것들이 미완성품이라고 하지만, 공허도 그때 보여준 것이 전부가 아닐 것이라 여겼다.

'그나저나 애매하겠군.'

지금 사대금강이 향한 신녕현은 귀주와 광동의 중간 부분에 위치한 곳이었다.

사황성과 녹림 양쪽에 혐의를 둘 수 있단 얘기다.

다행히 만마성은 일단 용의선상에서 제외시켰지만, 그것도 지금뿐이었다.

만일 이대로 가다가는 강남의 사파 전체가 도마 위에 오를지도 몰랐다.

공허가 우려하던 정사대전이 발발할 수도 있다는 말이었다.

'그리되면 애들을 어떻게 해야 하나……'

슬쩍 청운자를 바라본 마존이 결심을 굳혔다.

'일단 이것들에게 잘 보여야겠지?'

차기 무당제일검과 개방의 장로, 제갈세가의 순찰당주였다.

나름 정파에서 목에 힘주고 다니는 것들이란 말이다.

그러니 친해져서 나쁠 것은 없었다.

아니, 꼭 친해져야 했다.

'자식놈들이 어떻게 되었는지 알아내고, 또 무슨 일이 있으면 그 위치도 알아내야 하니 잘 대해주자.'

"형님."

제일 만만한 놈이 장하이였다.

청운자는 역시나 도사 나부랭이라서 그런지 공통점을 찾을 수 없었기 때문이다.

"왜 그러는가, 아우?"

"시간도 된 듯한데, 일단 어디 가서 요기라도 하시지요."

"응? 벌써 그렇게 되었는가?"

"예. 그리고 말씀 편하게 하십시오."

"어찌 그렇게 하겠는가? 동생도 문파에서 위치라는 것이 있는데 말이네."

'이놈, 혹시 아직도 꽁해 있는 거 아니야?'

"에이, 일단 의형제를 맺었는데 그런 사사로운 일에 연연하십니까."

"그래도 되겠… 나?"

"예."

'젠장, 이런 어린놈에게 반말을 들어야 하다니.'

그래도 자식들을 생각했다.

아비 노릇을 해준 적이 없으니, 이제라도 좀 뭔가를 해보기로 했다.

그래도 속에서 욱하고 올라오는 것은 어쩔 수 없었다.

'언제 날 잡아서 주정을 더 만들어야겠군.'

이번에는 좀 약하게 만들 생각이었다.

혹시라도 처먹고 죽어버리면 안 되니까.

살짝 정신만 놓을 정도로 만들 주정을 생각하며 입가에 미소를 짓는 마존.

'기억 끊긴 놈이 뭔 일이 있었는지 알겠어? 나중에 지 혼자 지랄하다가 다쳤다고 하면 그만이겠지.'

주정 때문에 죽지 않는다고 해도 마존에게 맞아 죽을 위험은 다분했다.

패다가 흥이라도 오르면 어찌 될지 장담할 수 없는 놈이 마존이니.

"그럼 어디 얻어먹어 볼까? 청운자 대협, 어떠십니까?"

"그렇게 하기로 하지요."

일단 이 일행을 이끄는 것은 청운자였다.

그렇기에 모든 결정은 그가 내리고 있었다.

"조금만 더 가면 익양현이 있습니다. 그곳으로 가시는 것이 어떻겠습니까?"

날도 슬슬 어두워졌기에 하루 유하기는 해야 했다.

일행이 도착한 익향현은 밤이 늦었음에도 불구하고 불야성을 이루고 있었다.

역시나 동정호 근처에 자리한 현인만큼 향락업이 많이 발달했다.

'저놈만 아니면 좋은 곳으로 가겠구만… 젠장!'

청운자는 눈엣가시였다.

결국 그들이 택한 곳은 정취가 느껴지는 별관을 갖춘 객점이었다.

"허～ 너무 무리하시는 것은 아닌지 모르겠습니다, 화 대협."

"별것 아닙니다. 자, 드시지요."

창을 통해 보이는 동정호는 수면에 비치는 달빛과 별빛이 환상적인 아름다움을 만들어내어 운치를 더해주고 있었다.

그리 높지는 않지만 파도가 치고 있는 것을 보니 제법 바람이 부는 모양이다.

그 파도가 호반에 놓여 있는 바위에 부딪쳐 부서지는 물방울이 다시 별이 되어 동정호와 동화되었다.

오늘도 역시나 술병째 들고 마시는 마존이었는데, 문득 그 모습을 보면서 살짝 눈을 감았다.

"하하하, 화 제가 술을 마실 줄 아는군."

마존의 모습을 본 장하이가 엄지를 세웠다.

"자고로 술은 흥취와 경치를 곁들여 마셔야 진짜 술꾼이라고 할 수 있지. 무식한 것들은 그저 목구멍으로 흘려보내는 것만 잘하면 되는 줄 알거든."

장하이의 말을 듣는 것인지, 안 듣는 것인지 마존은 여전히 눈을 감고 술을 마시고 있었다.

짝!

그런 마존의 등을 한 대 때리는 장하이.

"자, 이 형님에게도 한잔 따라보게나."

그때 마존이 급작스런 충격에 눈을 떴는데, 약간의 현기가 새어 나오다가 사라졌다.

"후우~"

긴 탄식이 뒤따랐고, 그 숨결에 같이 묻어 나오는 것은 청명한 기운이었다.

순간 곽정이 마치 마존과 입맞춤이라도 할 듯이 얼굴을 가져다 대더니 그 숨을 빨아 마시는 것이 아닌가?

마지막 한 올의 숨까지 마신 곽정은 서둘러 방구석으로 가더니 가부좌를 틀고 앉았다.

그런 모습을 보면서 청운자 등은 부러움이 담긴 눈빛을 보냈다.

그러다 이내 그들의 눈이 마존에게로 향했다.

마존은 눈을 뜨고 있음에도 무엇 하나 보지 못하는 것 같았다.

이윽고 거칠게 숨을 들이쉬더니 이내 눈에 총기가 돌아왔다.

모든 이의 시선이 자신을 향하자 왜 쳐다보냐는 듯한 물음이 그의 얼굴에 떠올랐다.

“왜… 그러십니까?”

‘이것들이 처마시던 술이나 처마실 것이지, 왜 사람은 빤히 쳐다보고 난리야? 지들이 술값 낼 것도 아니면서.’

“괜찮으십니까?”

“네?”

청운자의 물음에 가만히 옆에 놓여 있는 술병들을 바라봤다.

‘겨우 이거 먹고 무슨 이상이 있겠냐?

자신의 주량을 익히 알고 있는 제갈현을 바라봤지만, 그도 자신을 이상한 눈으로 바라보고 있었다.

‘설마, 내가 취해서 뭔 지랄이라도 했나?

그럴 리 없다고 생각했다.

“괜찮습니다만?”

“흐음, 무량수불.”

깊이 탄식을 한 청운자가 도호를 외우더니 장하이를 책망 어린 눈으로 바라봤다.

“그, 그게… 솔직히 이런 상황에서 그 같은 일이 일어나리라 누군들 예상이나 했겠습니까?”

억울하다는 표정으로 중인들을 둘러보는 장하이의 표정은 지금까지의 그와는 달랐다.

좀 불쌍해 보였다는 것이다.

지금 당장에라도 저자에 나 앉으면 누군가는 분명 동냥을 하고도 남을 표정이었다.

그 눈초리로 이런 표정이 나온다는 것이 신기할 지경이었
다.

그만큼 그가 미안하다고 생각하는 것이리라.

"무슨 일이 있었습니까?"

아무것도 모른다는 듯이 술을 홀짝이며 질문을 던지는 마존
을 중인들은 부러우면서도 한편으로는 안타깝다는 시선으로
바라봤다.

"정녕 무슨 일이 있었는지 모르십니까?"

"네?"

돌아가는 꼴을 보아하니 자신에게 무슨 일이 있기는 있었던
모양이다.

'에, 그러니까, 창밖을 보다가……'

살짝 정신이 나갔던 것도 같았다.

'에구, 몸이 이렇게 축났었나? 그때 주정을 만든다고 지랄
한 것이 문제였나?'

그렇다 해도 이런 반응은 의외였다.

주위를 둘러봐도 깽판 친 듯한 흔적은 없었기 때문이다.

"하하하하하!"

일단 그냥 웃음으로 넘기려 했다.

'지들은 술 처마시다 기억 끊기는 일 없었나? 왜 난리야?'

대수롭지 않다는 듯이 웃는 마존을 바라보던 청운자가 입을
열었다.

"화 대협의 성취를 보건대, 대단한 경지에 오를 수도 있던

순간이었습니다. 그런데도 정녕 아무렇지 않습니까?”

청운자가 대단하다는 듯이 말을 하였다.

‘대단한 경지? 대체 뭔 일이 있었던 거야?’

“남자는 자고로 과거를 문제 삼지 않는 법이지요.”

일단 멋있는 말로 넘긴 다음 상황을 살피기로 했다.

뭘 알아야 대응이라도 할 것이 아닌가?

“허~ 대협의 넓은 마음이 본도의 눈을 넓혀주시는군요.”

감탄이라도 한 듯한 음성이었다.

그러면 그럴수록 장하이를 바라보는 책망의 시선은 그 강도를 높이고 있었다.

모두의 시선이 이제는 장하이에게로 집중되자 장하이의 얼굴은 더욱 구겨지고 있었다.

그때 운공에 들었던 곽정이 눈을 떴다.

“감사드립니다.”

‘이놈은 또 왜 이래?’

“뭘?”

구석에 처박혀 있다가 뜬금없이 다가와서 감사의 인사를 하는 곽정이 이상하게만 보이는 마존이었다.

“통찰의 순간이 그렇게 지나간 것에 대해서는 아쉽지만, 저에게는 큰 도움이 되었습니다.”

‘응? 통찰의 순간?’

흔히들 갑자기 찾아온 깨달음을 얻고 그것을 통해 한 단계 더 올라가는 것을 통찰의 순간이라고 한다.

그때는 무아지경에 들기 때문에 스스로는 인지하지 못하고, 그저 상념 속에서 그동안 자신을 괴롭혔던 무의 벽을 기어올라 가거나 그 너머를 높은 곳에서 살짝 보기도 하였다.

그러나 그런 경지까지 올라가는 것은 그 순간을 끝까지 가져가야만 이룰 수 있는 것이었다.

만일 방해라도 받게 된다면 방금처럼 허무하게 스러져 가고, 경지에 이르기 위해 필요한 현기는 체외로 발출된다.

때문에 무인들은 누구에게도 방해받지 않는 상황에서 깨달음이 찾아오길 기대하는 것이다.

이렇듯 부지불식간에 찾아오는 것은 지금처럼 타인의 방해로 인해 허무하게 끝나는 경우가 많았다.

하지만 그렇다고 해도 이렇게까지 까맣게 모른다는 것은 말이 안 되는 일이었다.

일단 현기가 스며 나올 정도의 뭔가를 체험하기 때문이다.

'가만 있어보자. 통찰의 순간이라… 뭔가 잘못 안 거 아닌가?'

자칭, 타칭 환골탈태의 고수란 소리를 듣는 마존이었다.

물론 믿지 않는 인간들도 다수 있었지만.

'통찰의 순간이 이런 것이라고?'

자신이 겪은 통찰의 순간은 세 번이었다.

예전 사부한테 신나게 두들겨 맞았을 때와 사황성에 불 지르고 몰래 빼낸 약초를 먹은 후, 그리고 환골탈태를 이루던 때였다.

당시 사황성에서 가져온 약초는 상당히 귀중한 것 같았지만, 아직도 그 정확한 이름은 모르고 있었다.

다만 무슨 뿌리처럼 보였는데, 그 생김새가 기괴하였다.

마침 그것을 누군가가 먹을 준비를 하고 있었는지 복용 방법과 같이 먹을 것들 여러 개가 있었기에 복용하는 데 어려움은 없었다.

그때 느꼈던 환희는 말로 형언할 수 없는 것이었다.

사부에게 두들겨 맞았을 때 느꼈던 것과 거의 비슷했었다.

사부에게 맞으며 찾아온 통찰의 순간에 자신의 무위가 올라간 것을 좋아하면서도 혹시나 이상한 취미가 있었나 하면서 얼마나 자괴감에 빠졌던가.

'두들겨 맞고 기뻐하던 내 모습이 혐오스러울 정도였지.'

물론 맞은 것 때문에 기뻐하던 것은 아니었지만, 나중에 자신을 바라보는 사부의 얼굴도 가관이었다.

웬 미친놈을 보는 것 같았으니까.

어찌 그렇지 않겠는가.

사람 좀 되라고 신나게 패놨더니 멍청히 있다가 희열에 젖은 얼굴이 되어 눈물을 흘리며 몸을 부르르 떨었으니 말이다.

마침 그때 가문회가 마존의 그 모습을 보고 탄식을 하며 허탈함에 빠지지 않았다면, 통찰의 순간은 둘째 치고 맞아 죽었을지도 몰랐다.

나중에 사실을 안 가문회가 그것이 통찰의 순간, 보통 말하는 깨달음의 순간이라는 것을 말해줄 때도 마존을 이상한 눈

<u>으로</u> 바라봤었다.

"어떻더냐?"

"네?"

"뭔가를 얻은 소감이 어떠냔 말이다."

"글쎄요. 기분 좋기는 한데요."

"응어리 진 것은 좀 풀렸느냐?"

"네? 잘 모르겠는데요?"

"얼굴이 밝아진 것을 보니 어느 정도는 해소가 된 모양이다. 그나저나 참 너답게, 그런 것도 요상한 순간에 찾아오는구나."

"사부도 참. 근데 사부, 갑자기 왜 이렇게 세상이 밝지요?"

"그거야 네놈의 시야가 트이고 원활한 내공의 흐름 때문에 신체 능력이 향상되었기 때문이다. 잘 처먹고, 수련을 부지런히 한다면 야밤에 돌부리 걸려 넘어지는 일은 없을 것이다."

"그래요? 음… 참, 사부, 우리 사문의 이름은 뭐예요?"

"뜬금없이 그건 왜 물어보느냐?"

"궁금하니까 그러지요."

"일 없다, 이놈아."

"쳇! 겨우 가르쳐 준 것이라고는 무공 이름뿐이고, 내공심법 이름도, 사문의 이름도 가르쳐 주시지 않는 이유가 뭡니까?"

"내 이름하고 무공 이름을 가르쳐 줬으면 됐지, 뭘 더 바라느냐? 어차피 네놈도 너의 길을 찾아갈 것인데."

"예? 제 길이라뇨?"

"때가 되면 알게 될 것이다. 문파의 이름은 그냥 네놈이 원하는 대로 지으면 될 것이고."

"음, 그러니까 일인전승의 의문에 싸인 문파라 이거군요."

"일인전승 좋아하네."

"네? 일인전승이 아니라고요? 그럼 숨겨둔 제자라도 있으십니까?"

"내 제자는 너뿐이다. 몇 번을 말해야 알겠느냐?"

"그런데 어찌 일인전승이 아닙니까?"

"그것도 네가 인연이 되면 알게 될 일이다. 배고프니 실없는 얘기는 그만하고 가서 술상이나 봐와라."

"이 어린 제자가 꼭 술상을 봐야겠습니까?"

"그럼, 다리병신에 오늘내일하는 내가 봐야겠냐?"

'쳇! 항상 그 말에 내가 술상을 봐야 했지.'

다리병신이라는 말은 스스로의 자학이었고, 오늘내일한다는 말은 마존에게 내공을 넘겨주면서 악화된 건강 때문이었다.

'나의 길이라… 그 말이 정답이었지.'

섬전십팔수보다 염라도법이 더 파괴적이고 강한 무공이라는 것은 마존도 느끼고 있었다.

'하지만 사부에 비하면 뭔가 떨어지는 것 같기는 해.'

강함만을 추구한 것이 염라도법이었다.

당시에는 무조건 적을 죽이는 것에 전념했기에 그런 무공이 된 것인지도 몰랐다.

엄밀히 말하면 섬전십팔수와 염라도법은 극과 극의 무공이었다.

섬전십팔수가 무당의 면장과 같이 부드러움을 모태로 한다면 염라도법은 무식하기 짝이 없는 패도적인 도법이었으니까.

'아직도 의문인 것은 어찌 내공이 변할 수 있는가 하는 것이지.'

분명 사부에게 배운 내공이건만 염라도법을 펼치는 동안 유하던 내공도 그 도법을 쫓아 점점 광포하게 변해갔다.

현재 가문회가 펼친 섬전십팔수, 풍뢰보와 마존이 펼치는 그것은 초식만 비슷할 뿐 그 원류라 할 수 있는 내공은 많이 달라진 상태였다.

여타 다른 무공이 내공에 맞는 무공을 펼치는 것과 비교하면 괴사라 할 수 있었다.

하지만 마존은 가문회에게 배운 것이 전부였기에 이상한 것을 느끼지 못했다.

그저 사문의 무공이 그런 것인가 보다 하고 생각할 뿐이었다.

다른 이가 들었다면 마존더러 미쳤냐고 할 사실임에도 말이다.

무공에 따라 변하는 내공이 존재한다고 누가 상상이나 할 것인가.

'그 후에 사황성에서 훔쳐 먹은 약초 때문에 개고생을 한 다

음, 맞이한 순간도 지금과는 달랐지. 그때의 희열이란……'

생각하는 것만으로도 당시 느꼈던 감흥이 되살아날 정도였다.

'환골탈태를 한 후에도 마찬가지고.'

어느 날 운공을 하는 동안 앞을 막고 있던 거대한 철벽을 느꼈고, 그것을 낑낑대며 넘어가려다 몇 번을 실패한 끝에 열이 뻗쳐 부숴 버렸다.

그 벽을 부순 순간에 펼쳐진 광활한 공간을 느끼며 눈을 떴고, 새카맣게 탄 옷하며, 뭔가 알 수 없는 부스러기들이 보였다.

그리고 몸을 휘도는 활기를 통해 자신이 한 단계 더 올라섰다는 것을 알았었다.

남들이 말하는 환골탈태를 한 것이다.

"주인님?"

"응?"

곽정이 부르는 소리에 과거의 추억을 접고 다시 현실로 돌아온 마존이 그를 바라봤다.

그가 눈으로 옆을 가리킨다.

그 눈길을 따라 고개를 돌리니 장하이가 얼굴 가득 미안함을 담고 자신을 바라보고 있었다.

"정말 미안하이. 정말 그런 순간인지 몰랐네."

장하이의 사죄하는 모습이나, 곽정의 감사하는 모습, 그리고 그들의 모습을 이해한다는 듯이 바라보는 제갈현과 철운영.

그들을 가만히 둘러보던 마존이 생각에 잠겼다.

'어라, 이것들을 보아하니 진짜인 모양이네?'

아니라면 작당을 하고 자신을 속이려하는 것인데, 그럴 이유가 없기 때문이다.

누가 봐도 속이는 이들이 밑지는 장사이니까.

'진짜 통찰의 순간이었나?'

아무것도 기억나지 않았다.

곰곰이 생각에 잠겼다.

'예전에도 몇 번 이런 일이 있었던 것 같은데…….'

길을 가다가 가만히 멈춰 선 채 멍하니 시간을 보낸 적도 있었고, 더 오래전에는 싸우면서도 순간 멈춰 선 적도 있었다.

그때는 적이 발하는 살기나 지나가는 이가 부딪친 것 때문에 정신을 차렸었다.

그냥 대수롭지 않게 넘어갔었는데…….

'그럼, 그것들이 다 통찰의 순간이었다고?'

아니라 생각했다.

자신이 익힌 무공이 평범하지 않은 만큼 뭔가가 있겠지만 인지도 못하는 통찰의 순간이 있을 것이란 생각은 들지 않았다.

하지만 그렇게 생각하기에는 여기 있는 놈들의 무위가 만만치 않았다.

이놈들이 하나같이 다 착각할 수는 없으니까.

'에라, 모르겠다. 몰라도 잘 살아왔는데 뭐.'

드디어 마존이 생각을 정리했다.

"모르고 한 일 가지고 뭐라 할 만큼 저 속 좁은 놈이 아닙니다. 하하하하!"

"화 제, 자네가 그렇게 말해주니 내 마음이 좀 풀리는군."

좀 풀린 것치고는 눈이 아주 많이 풀렸다.

마치 면죄부라도 받은 듯이 순식간에 표독스러운 눈매와 능글능글한 웃음이 돌아왔다.

그것만 보면 진짜 미안했는지 의아해지는 순간이다.

한동안 술자리가 이어졌다.

이제는 어깨까지 치면서 마존에게 술을 권하는 장하이는 이전의 거리를 두던 모습에서 많이 달라졌다.

"흠, 흠, 형님."

"왜 그러는가?"

"우리 집안과 사문이 제일 중시하는 것이 바로 '정직' 입니다."

"정직?"

"예. 정직, 근면, 성실, 근검, 절약 등 많은 것이 있지만, 그중 제일로 치는 것이 정직입니다. 그래서 말인데… 제가 진가장의 비무초친에서 이기지 않았습니까?"

진가장이란 말이 나오자 장하이의 얼굴이 살짝 굳어졌지만, 이내 풀렸다.

"그런데?"

"이런 말을 하는 것도 형님과 여기 있는 분들이 다 남 같지 않기 때문입니다."

"무슨 말인데 그러는가?"

"사실 처음 진가장에서 여는 비무대회에 참가한 것은 제 실력을 알아보고자 함이었습니다. 비무초친이란 것은 생각도 못했지요. 그리고 우승을 한 다음에는 사질이란 놈이 칠칠맞게 언 놈에게 두들겨 맞고 쫓겨났다는 말을 듣고 한달음에 달려갔지요."

마존의 말을 들은 청운자 등이 고개를 끄덕였다.

어째서 마존이 진가장을 뛰쳐나왔는지 그 이유를 알게 되었기 때문이다.

진가장에서 퍼뜨린 소문이 완전한 거짓은 아닌 것이다.

"일단 상황을 보아하니 진가장에서 비무초친의 마지막을 치러야겠더군요."

"그건 화 대협의 생각이십니까?"

제갈현이 턱을 쓰다듬으며 말을 하였다.

"사질이 그렇게 하는 것이 좋다고 하던데요."

그 말에 제갈현이 고개를 끄덕였다.

그 모습을 보던 마존이 가는 눈을 더욱 가늘게 하면서 그를 바라보았다.

"무슨 뜻이신지?"

"예? 아, 그냥 문득 궁금해서 말입니다. 이전에 진 소저를 만났을 때는 아무런 관심도 없는 것 같았기에 드리는 말씀입니다."

하지만 말하는 꼬라지가 그런 것 같지 않았다.

그렇다고 머리통을 부숴도 나오지 않는 생각을 가지고 뭐라 할 수 없었다.

'주리를 틀면 불 것도 같은데……'

일전에 제갈진석의 바짓가랑이를 붙잡고 늘어지는 것을 보면 몇 대 쥐 패면 알아서 다 불 것 같았지만, 그럴 수 없기에 생각은 간절하더라도 참기로 했다.

요새 눈치가 상당히 발전하고 있다.

마존이 이렇게 생각을 하고 있는 동안 제갈현도 나름대로 생각을 정리하고 있었다.

'너무도 많은 변화를 가져오고 있다. 처음 보았을 때만 해도 이런 모습은 아니었지 않는가. 적응력이 좋아서인가, 아니면 머리가 좋아서인가? 마치 물을 빨아들이는 솜이불처럼 쉴 새 없이 세상을 살아가는 방법을 빨아들이고 있다.'

그러면서 진지하게 처음 만났던 때를 떠올리며 마존의 존재에 대해서 고민하였다.

'이것이 원래의 모습인가, 아니면 변화된 모습인가?'

무척 중요하였다.

만일 이것이 마존의 본모습이라면 그전의 행동들은 모두 연기가 되니 말이다.

'그렇다고 하여도 너무 노골적이지 않는가.'

　조금만 생각이 있는 놈이라면 이렇게 급변한 모습을 보여주지는 않을 것이다.

　서서히 세상에 적응하는 모습을 보여주면서 자신들에게 이상하다는 느낌을 주지 않기 위해 노력할 것이니까.

　'도무지 종잡을 수가 없는 인물이다.'

　제갈현이 고심한다고 하여서 답을 알아낼 수는 없을 것이다.

　그렇게 그가 고민을 하고 있는 동안 마존은 장하이를 구슬리고 있었다.

　"아무튼 제가 그 진 소저와 싸우면 질 일은 없을 것이란 말입니다. 그렇게 되면 진 소저와 혼인을 해야 되는데, 진가장에 대해서 알고 있는 것이 아무것도 없어서 말입니다. 과연 진가장이 제가 혼인을 해도 좋은 곳인지 알고 싶습니다. 듣자하니 개방은 중원에 모르는 것이 없을 정도로 정보가 많다고 하더군요."

　"화 제의 말은, 나더러 진가장에 대해서 말해달란 말인가?"

　"예."

　"흠……."

　마존의 말을 들은 장하이가 가만히 마존을 바라보았다.

　"진가장이 남들 보기에 부끄럽지 않은 문파입니까?"

　"남부끄럽지 않은 문파라… 그것의 조건이 무언가?"

　"조건이란 것이 있겠습니까? 그저 남들 눈에 피눈물 흘리지 않게 하면 좋은 문파이지요."

"그건 운영이에게 들어도 될 것이네. 아니, 조금만 시간을 준다면 진가장에 대해서 소상히 적은 책자를 건네주지. 그것을 보고 자네가 판단하도록 하게나."

"전 형님에게 듣고 싶은데요."

"왜 꼭 나에게 듣고 싶은가?"

장하이의 반문에 반짝이는 머리를 벅벅 긁어대던 마존이 답은 안 하고 다시 질문을 던졌다.

"형님! 솔직히 나를 처음 봤을 때 내 정체를 알고 있었습니까, 모르고 있었습니까?"

"그, 그거 말인가?"

"알고 계셨지요?"

"응? 아, 그… 뭐, 대충 짐작은 하고 있었지."

장하이의 대답을 들은 마존이 속으로 쾌재를 불렀다.

'아싸~ 역시 내 예상이 맞았구나. 내가 점점 똑똑해지는 게 확실한가 봐.'

나름 감동에 젖어 있는 마존을 향해 제갈현이 입을 열었다.

"화 대협."

"……."

"화 대협!"

"응?"

주위를 둘러보자 다들 멍한 표정이 되어서 마존을 바라보고 있었다.

'이런! 너무 감동에 빠져 있었나?

정답이다.

두 손을 불끈 쥐고는 몸을 부르르 떨어대는데, 옆에서 보던 이들이 심히 민망해서 얼굴을 돌렸다.

"흠, 흠. 역시 그렇군요. 그럴 것이라고 생각했었습니다. 하하하하하!"

호기롭게 웃고 있지만 어쩐지 애처롭게 보이는 광경이었다.

"그때도 그렇지만 그 후로도 어쩐지 형님이 저를 적대시한다는 느낌을 받았습니다. 그래서 곰곰이 생각해 보니 혹시 같이 있던 진 소저와 내가 비무초친에서 우승한 것 때문이 아닐까란 생각이 들더군요. 세상에 나온 지 얼마 되지 않아서 남들에게 이유없이 미움을 받을 일은 없었으니까요. 아닙니까?"

마존의 말을 들은 장하이가 어처구니가 없다는 얼굴로 마존을 바라보다가 마지못해 입을 열었다.

사실 그 이유도 있었지만, 당시에 진짜 열 받게 했던 것은 그 싸가지없는 말투였으니 말이다.

"뭐, 대충 맞는 말이다."

두 사람의 대화를 듣고 있던 제갈현이 고개를 절레절레 저었다.

그렇지만 마존은 그것을 무시했다.

"그렇지요? 아무튼 저도 진가장에 대해서 나름대로 들어 알고는 있습니다만, 좋은 소리만 들리더군요. 나에 대해 알고 싶다면 적에게 물어보란 말이 있습니다. 그러니 진가장에 좋지 않은 감정을 가지고 있는 것 같은 형님이 말씀을 하시는 것이 좋지 않겠습니까?”

말을 끝낸 마존이 장하이를 응시하고 있었는데, 갑자기 제갈현이 다가왔다.

“응? 왜 그러십니까?”

그는 손을 뻗고 있었는데, 마존이 말을 하지 않았다면 그대로 얼굴을 꼬집을 기세였다.

“예? 아, 실례했습니다.”

고개를 좌우로 갸웃거리는 것이 뭔가 미심쩍은 모양이었다.

그런 제갈현을 향해 마존이 이상한 놈이란 눈빛을 보냈다.

하지만 만일 이 자리에 마의가 있었다면 당장에 칼부터 날렸을 것이다.

그러면서 ‘네놈은 누구냐! 누군데 철휘의 인두겁을 쓰고 있느냐!’ 라며 소리소리 지를 일이었다.

그만큼 지금 마존의 모습은 예전의 그라고 볼 수 없을 정도로 달라 보였다.

마존의 질문을 받은 장하이가 일행의 얼굴을 하나하나 돌아보았다.

“이것은 내 개인적인 견해라는 것을 미리 밝혀두네.”

“알겠습니다.”

드디어 진가장과 가문회에 얽힌 비사를 알게 될 것이란 생각에 조금 흥분한 마존이었다.

장하이의 입에서 나온 말에 따라 그의 행보도 결정될 것이었다.

피로 물든 복수의 길을 갈 것인가 말 것인가가.

"현재의 진가장은 화 제가 연을 이어나가도 괜찮은 곳이네."

그리고 말이 없었다.

비밀스럽게 전음으로 말을 하자 뭔가 나올 것이라 기대했던 마존에게는 너무도 황당한 결론이었다.

"그게 전부입니까?"

마존이 전음으로 되묻자 장하이가 이상하다는 표정으로 물었다.

"왜? 부족한가?"

"당연하지요! 이럴 것 같았으면 왜 전음으로 하셨습니까!"

"무림에서는 좋은 소리든 나쁜 소리든 누군가의 평가를 함에 있어서는 조심해야 한다는 것을 모르는군. 도대체 듣고 싶은 것이 무언가?"

"그 뭐시냐, 개방만이 알고 있는 비사나 뭐 그런 것 말입니다. 나중에라도 밝혀지면 곤란한 것들 같은 거 있잖아요."

마존의 전음에 가만히 생각에 잠겼던 장하이가 마존의 눈을 바라보며 다시 전음을 날렸다.

"듣고 싶은가?"

"네!"

가느다란 눈에서 듣고 싶다는 열망이 줄기줄기 뻗어 나왔다.

오죽하면 살짝 보이는 눈알이 초롱초롱해 보일 정도였다.

"이건 비밀일세."

"물론입니다!"

"에, 그러니까 우리 집이 마적에 의해서 풍비박산이 난 해였지. 그때 마적의 손에 죽을 뻔한 것을 지나가던 어떤 대협이 살려주었네. 다리를 절고 계셨지만 한낱 마적들은 그분의 적수가 되지 못하셨네. 그분의 이름을 밝힐 수는 없지만, 지금도 그날의 위용이 떠오르는군."

분명 가문회일 것이다.

지금 마존은 그 어느 때보다도 열심히 집중하고 있었다.

"그분의 모습은 어쩐지 슬퍼 보였다네, 어린 내 나이로도 느낄 수 있을 만큼. 달리 갈 곳도 없고 해서 나는 그분을 따라나섰는데, 하루는 그분이 술을 드시고는 울분을 토하는 일이 있었네. 그 대상은 진가장이었지. 모든 것을 말씀하시진 않았지만, 그 속에 들어 있는 것은 진가장에 대한 원한이었네."

"크윽~ 좋구나! 이 빌어먹을 세상! 하이라고 했냐? 하이야, 세상에 여자보다 무서운 것은 없구나. 내 굳은 결심을 흔들고 사문의 유지마저 잊게 하니 말이다. 크크크크, 사랑 따위는 개나 먹으라고 해라! 연연, 당신이… 당신이… 진가주, 당신 무서운 사람이군. 그렇게까지 남궁가와의 혼담이 탐났었나? 거대 세가란 것이 그리 좋던가? 무인의 대결에서, 그것도 내가 목표로 한 이와의 대결에서 암수를 쓰다니! 그것도 연연의 손에 들려서! 우아아아악!"

"당시에 그분은 진가장의 진연연이라는 여인과 사귀고 계셨는데, 그녀를 쫓아다니던 남궁휘명이라는 사람이 있었네. 결국은 그녀와 남궁휘명이 결혼을 하였고, 그분은 떠나게 되신 거지."

장하이의 말을 들은 마존의 손에 힘이 들어갔다.

'그러니까, 그 남궁휘명이라는 놈하고 비무를 하게 되었고, 그때 뭔가 암수를 써서 사부님을 위해했단 말이지?'

점점 복수로 가닥이 잡히고 있었다.

"나중에 그분과 헤어지고 개방에 몸을 의탁하게 되었네. 그리하여 나름대로 조사를 할 수 있었지. 그 일로 사부님께 많은 꾸중을 들었지만, 결국 어느 정도는 알아내게 되었다네."

이제부터가 중요한 대목이었다.

"그분도 안 계시고 비무도 비밀리에 치러졌는지 아는 사람이 없었네. 그래서 나는 진가장보다는 그 진연연이란 여인에게 초점을 맞춰서 조사를 하였지. 그 결과 대충이나마 정황을 짐작할 수 있었다네."

말을 듣는 마존의 손에 땀이 맺히고 있었다.

점점 결론을 향해 달려가고 있었으니까.

"당시 비무를 하던 곳에 진연연이란 여인이 나오지 않았다고 하네. 그리고 비무가 끝나고 한동안 시름시름 앓더니 남궁휘명이란 사람과 혼인을 하였지. 얼마 뒤 딸을 낳았는데, 딸을 낳은 뒤 그리 오래 살지는 못하고 죽었다더군. 죽을 때도 딱히 병명이 없었다고 하네. 혼인을 치른 후 웃는 얼굴을 본 이들이

드물다고 한 것을 보면 결혼 생활도 순탄하지는 않았던 것 같네."

이 말을 들은 마존이 의아한 생각이 들었다.

'어째서? 사부님을 버리고 갔다면 잘살아야 하지 않나?'

"그 진연연이란 여인이 웃음을 보여준 것은 당신의 딸이었던 남궁혜미밖에 없었네."

'여인은 무슨! 개잡년이지!'

슬슬 분노의 파장이 진가장에서 남궁세가로 영역을 넓혀가고 있었다.

"아무튼 그분을 버리면서까지 얻은 혼처에서 어찌 행복하지 않았는지 궁금했지. 그러다 중요한 사실을 알게 되었네. 바로 그 남궁혜미라는 딸이 겨우 칠 개월 만에 태어났다는 것이지."

이 말을 들은 마존의 분노가 순식간에 사라졌다.

'어라?'

뭔가 요상하게 전개되고 있었다.

"당시에 말이 많았지만 남궁휘명이 문제 삼지 않았기에 누구도 그것에 의문을 제기하지 않았네. 본인이 자신의 딸이 맞다고 하는데 누가 뭐라 할 것인가? 거기다 그 진연연이란 여인도 함구하고 있었고 말이네. 어쨌든 난 이런 사실들을 가지고 추론하여 결론을 내리게 되었지."

듣던 마존도 대충 짐작할 수 있었다.

"그 비무에 직접 손을 쓴 것은 당시의 장주였던 진호진이었고, 그 진연연이란 여인도 그분과 마찬가지로 피해자라는 것이네. 그리고 그 남궁혜미란 여인은 어쩌면……."

"그 여인은 어떻게 되었습니까?"

"황보세가로 시집을 갔지만, 황보진성이란 아들을 낳고는 세상을 떠났네."

조금 허망하다는 생각이 들었다.

"그럼 지금의 장주는 그 일과 연이 없는 것입니까?"

"지금의 장주는 당시에 너무 어렸기에 이 일과 연이 있을 것이란 생각은 들지 않는군. 그러나 현 장주가 아버지와 사이가 극도로 나빴다고 하니, 그것은 알 수 없네. 전혀 사이가 나쁠 일이 없었거든. 허허허, 말을 하다 보니 나도 모르게 너무 주절거린 것 같네."

장하이의 눈이 먼 과거를 추억하고 있었다.

"현재 진가장에서 내세우는 무공이 분뢰검법과 풍뢰보인데, 그분의 절기를 참고해서 만들었다고 하더군. 얼마 전에 그분의 진전을 이은 이가 나왔다는 소식을 들었지만, 현재는 그 행방이 묘연한 상태네. 죽었다는 말도 있지만, 그분의 진전을 이은 사람이 그리 쉽게 죽었다고는 믿지 않고 있다네. 혹시나 그가 모든 내막을 알고 있다면 나중에 문제가 될 것 같아서 말을 해두는 것이니, 이것은 화 제 혼자만 알고 있었으면 좋겠군."

"알겠습니다."

"노파심에서 다시 얘기하네만, 그 죽었다는 이가 운영이와 연이 있는 모양일세. 아직 운영이에게도 자세히 말하지 않은 것이니 꼭 비밀을 지켜주었으면 좋겠네. 말을 하다 보니 입방정을 떨었네만, 자네가 꼭 알아야 할 것 같아서 해준 것이었네. 부디 꼭 비밀을 지켜주게나.”

“염려 마십시오.”

거듭 당부하는 장하이의 전음을 뒤로하고 마존은 혼자 술을 마시면서 생각에 잠겼고, 장하이도 고개를 창밖으로 돌리고는 휘영청 밝은 달을 바라보면서 술을 마셨다.

그 누군가를 추억하는 듯이.

다른 이들은 두 사람이 전음을 주고받는 것을 알았기에 두 사람에게 신경을 쓰고 있지 않았다.

하지만 곽정은 달랐다.

그는 계속 마존만을 바라보고 있었던 것이다.

그런 그가 마존을 바라보는 눈빛에는 이전과는 다른 친근함이 묻어 있었다.

‘사부님, 역시 세상은 넓고도 좁군요.’

술잔을 드는 곽정의 눈도 달을 향했다.

‘어딘가에 있을 누군가를 생각하면 외롭지 않다던 사부님의 말씀이 이제야 이해가 갑니다.’

오로지 무공에만 미쳐서 살던 사부와 자신이었다.

그의 사부는 무공 이외의 것은 그에게 주지 않았다.

사문의 정신과 무인이 나아가야 할 길 외에는 달리 하는 말이 없었다.

그렇기에 어린 나이에 쓸쓸함을 느낀 경우도 있었다.

그럴 때면 늘 하던 말이 그것이었다.

'저는 운이 좋은 모양입니다.'

운명이 이끌면 만날 수 있다는 말도 이제야 알 수 있었다.

그는 마존이 토해낸 현기를 흡수했고, 그것을 이용해 운공을 할 수 있었다.

그때 흡수한 현기가 무난하게 자신의 내공과 용해되는 것을 느꼈던 것이다.

아무리 통찰의 순간에 뿜어져 나온 현기라 하더라도 이렇게까지 일치감을 보일 수는 없었다.

있다면 같은 내공을 익힌 이밖에는 없었다.

그렇다면 결론은 하나.

마존과 자신은 같은 내공을 익히고 있는 것이다.

그렇게 곽정의 상념과 함께 술자리는 무르익어 가고 밤은 깊어갔다.

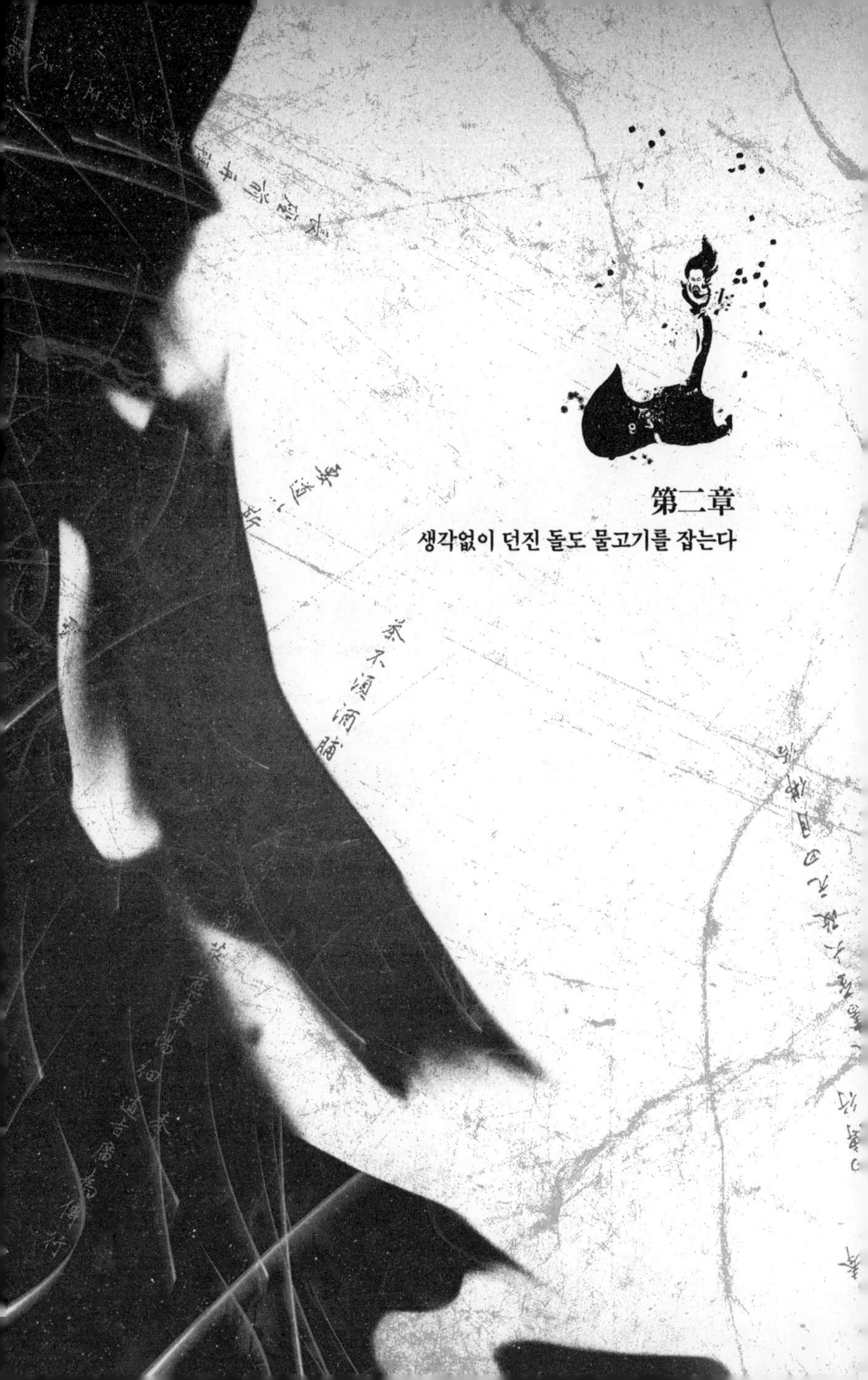

第二章
생각없이 던진 돌도 물고기를 잡는다

침상에 누운 마존은 잠을 이루지 못했다.

'젠장!'

딱히 그 말밖에는 떠오르는 말이 없었다.

과연 누구에게 복수를 해야 할 것인가?

'당시의 상황을 주도한 놈은 바로 그 장주 놈인데……'

이미 죽고 없었다.

'남궁휘명이란 놈도 알고 있었을까?'

장하이의 입을 통해서 들은 말로 보면 사부가 직접 남궁휘명을 언급하지는 않았다.

그리고 사부도 생전에 여인에 대해서만 말을 하였을 뿐이었다.

‘지금 진가장에 있는 것들은 어지간한 정파 놈들보다 더 정파 같거든.’

진우명이 처음 표두를 만날 때도 존대를 했던 것이 떠올랐다.

진평이 자식들은 잘 가르친 모양이었다.

‘진평이란 놈이 뭔가 알고 있을까?

그놈도 아버지와 사이가 나빴다니 뭔가를 알고 있어도 그 일에 가담하지는 않았을 것 같았다.

그리고 당시 진평은 나이가 어렸으니, 뭔가를 하려고 해도 힘들었을 것이다.

‘그 모든 것이 가식이었을까?

어떠한 결론도 내릴 수 없었다.

“아, 빌어먹을!”

누워 있는다고 해서 생각이 나는 것도 아니고, 결론이 내려지는 것도 아니었다.

계속 머리만 아플 뿐이었다.

‘어차피 오늘쯤은 보충을 해둬야 하니까, 나가볼까?

머리 아픈 것은 이쯤 해두기로 했다.

슬며시 밤 마실을 나가려 일어난 마존이 옆 침상에 누워 있는 곽정을 바라보았다.

“이놈은 하인 주제에 주인한테 빌붙어 먹으려고 드네.”

돈 좀 있냐는 소리에 입만 벌린 곽정이었다.

아마도 먹고 죽으려도 없다는 말을 하는 것 같았다.

주둥이에 주먹을 쑤셔 넣으려다 참았다.

"하인이면 하인답게 주인을 먹여 살릴 궁리나 하지 않고. 쳇!"

퍽!

그냥 나가기 싫어서 자는 곽정의 옆구리를 한 대 갈겨주고 창을 통해 빠져나갔다.

"야밤에 어디 가시는 것이지?"

옆구리를 슬슬 문지르던 곽정이 다시 침상에 누웠다.

휴식은 수련만큼이나 중요한 것이기 때문이다.

창을 빠져나온 마존이 지붕에 올라가더니 주위를 둘러봤다.

보이는 것은 없었지만, 자신을 보고 있는 눈길이 있다는 것은 알 수 있었다.

계속해서 떠나지 않던 눈길이었으니까.

'이것들이 어디 있으려나?

아마도 멀리서 감시를 하고 있으리라.

지붕에 누워서 별을 바라보고 있던 마존의 신형이 어느 순간 사라졌다.

마치 처음부터 없었던 듯 그렇게 사라진 것이다.

그렇게 사라진 마존이 향한 곳은 좀 번듯해 보이는 전각들이 즐비한 곳이었다.

"어디 보자, 어떤 놈을 털까나?"

대충 세 군데 정도가 물망에 올랐다.

일단 가장 큰 곳으로 갔다. 거기서 원하는 성과를 올리면 나머지 다른 곳들은 안 들러도 되니 말이다.

이렇게 경치가 좋은 곳에 있는 장원은 대부분 힘있는 권세가거나 유지, 아니면 낙향한 벼슬아치들이 대부분 차지하고 있었다.

그렇기에 항상 빈손으로 나오는 법은 없었다.

복면을 쓴 마존이 달려 도착한 곳은 '부운장' 이란 편액이 걸린 곳이었다.

'어라? 경계가 만만치 않네?'

역시 있는 것들이라 그런지 지키는 놈들의 실력이 뛰어났다.

'여기가 무가였던가?'

그렇다고 해도 과도한 경계였다.

일단 담을 넘는 과정에서 본 놈들만 하여도 벌써 십여 명에 달했다.

장의 크기로 보아서 이곳만 열이면 나머지 부분에 최소한 오십여 명이 더 있다는 말이었다.

거기다 경계를 서고 있는 놈들의 무위도 예사롭지가 않았다.

마존이나 되니까 발견했지, 자칫 멋모르는 도둑이 이곳에 들어왔다가는 뼈도 못 추리고 증발할 가능성이 컸다.

슬슬 호기심이 발동하기 시작했다.

'이것들이 뭔데 이따위지?'

어둠 속을 마치 제집인 양 누비던 마존이 어느 한 전각에 바싹 달라붙었다.

그곳에서는 늦은 시각임에도 불구하고 두런거리는 소리가 들렸던 것이다.

어둠에 녹아들어 그곳에 다가가던 마존의 신형이 멈췄다.

마침 그가 은신하려고 하는 곳에 이미 누군가가 와 있었던 것이다.

사방을 둘러보며 살피고 있는 것을 보면 자신과 같은 처지는 아닌 것 같았다.

'호오~ 제법 할 줄 아는 놈이군.'

침입자를 막기 위해서는 그가 갈 수 있는 곳을 먼저 선점하는 것이 좋았다.

그를 먼저 발견한 마존이 슬며시 신형을 이동시켜 그에게로 다가가려 했다.

"……!"

자칫 했으면 들킬 뻔하였다.

마존이 돌아가리란 것을 알기라도 한 듯이 그곳에 가느다란 실이 연결되어 있었던 것이다.

그러고 보니 지금 경계를 하고 있는 놈의 모습이 너무 쉽게 눈에 띄었단 생각이 들었다.

일부러 모습을 보이고 방심을 유도하여 침입자를 발견하려는 속셈이었다.

'쳇! 이놈들 진짜배기네?

일단 실을 건드린 것은 실수였지만, 아직 완전하게 들키지
는 않았다고 여겼다.

실이 끊어진 것도 아니고 많이 휘지도 않았기 때문이다.

그리고 앞에서 경계를 서고 있는 놈도 전혀 어떤 낌새를 보
이지 않았다.

'일단 자리를 옮겨볼까.'

슬며시 실을 놓고 돌아서려는 마존의 기감에 자신을 중심으
로 은밀히 다가오는 이들의 움직임이 잡혔다.

'어쭈?'

갈수록 제법이었다.

사실 실을 건드린 순간 이미 마존은 들킨 것이다.

그럼에도 태연히 아무것도 모른다는 듯이 사방을 둘러보고
있는 이가 새삼 대견스러웠다.

적이 바로 코앞에 있건만, 놈은 능청스럽게 이곳에는 시선
도 주지 않고 있었다.

'대범한 것인가, 아니면 자신이 있다는 것인가?'

어느새인가 두런거리던 음성도 사라진 지 오래였다.

'깽판 한번 쳐봐?'

그런 생각을 하다 고개를 저었다.

괜히 이곳에서 말썽을 부리다가 정체라도 탄로 나면 곤란한
것은 마존 자신이었다.

여기 아니라도 털 곳은 많았던 것이다.

그런 생각으로 신형을 뒤로 물리려는 찰나, 어느 순간 가느

다란 침 하나가 마존의 미간 한치 앞까지 쏘아져 왔다.

끝이 새파란 것이 독이라도 발라놓은 모양이었다.

"이크!"

아무리 환골탈태를 이루어서 질기디질긴 피부를 가졌다지만, 모르는 것은 일단 피하고 볼 일이었다.

어떤 놈들은 호신강기까지도 무용지물로 만들 정도로 지독한 놈들도 있었으니까.

고개를 홱 뒤로 젖히며 침을 피하면서 공중제비를 돌고는 전각 지붕 위에 내려섰다.

그런 그의 주위로 순식간에 나타나는 이십여 명의 인물.

하나같이 마존과 마찬가지로 복면을 뒤집어쓰고 있었다.

그런 그들 뒤에 천천히 모습을 보인 이는 방금 전 자신을 농락하던 그놈이었다.

알고도 모른 척 능청을 떨던.

"이런, 가증스러운 놈!"

마존의 말에 그놈이 고개를 갸웃했다.

아마도 마존의 말뜻을 알아듣지 못한 모양이었다.

하지만 그의 행동은 그것으로 그치지 않았다.

어느새 다시 독침들이 허공을 가로지르며 마존을 노리고 쏘아져 왔던 것이다.

세 방향에서 은밀하게 접근하는 독침이 마존의 움직임을 막았다고 여긴 것인지 이십여 명의 인물도 각기 단도를 마존에게 던졌다.

그것들도 하나같이 시퍼런 빛을 발하고 있었다.

"이것들이 아주 치사하네?"

치사는 자신의 것이어야 했다.

자신의 것을 도용당했으니 어찌 분노하지 않겠는가.

같이 치사하게 싸워주기로 했다.

쾅!

마존이 발을 구르자 전각 자체가 들썩였고, 발끝에서 솟아오른 경기가 회오리치듯 몸을 감싸자 그 힘에 독침이 허공으로 날렸다.

경기는 독침만 날려 버린 것이 아니었다.

마존 주위 일 장 안에 있던 기와가 모두 허공으로 비산한 것이다.

그런 기와를 마존이 빠른 동작으로 손을 이용해 자신을 포위한 복면인들에게 날렸다.

"터져 버려!"

마존의 손에 닿은 기와가 회전을 하면서 복면인들에게 빠른 속도로 쇄도했다.

너무 가까운 거리였고, 속도가 워낙 빨라서 피할 틈이 없었다.

그것을 각자 들고 있던 단검을 이용해서 쳐내려던 복면인들이 놀란 듯 흠칫했다.

마존의 말처럼 터져서 그런 것이 아니라 아교처럼 달라붙어서 회전하며 파고들었기 때문이다.

맹렬한 기세로 방어한 무기를 갉아대고 있는 기왓장들은 제 몸이 닳아 없어지는 것은 아랑곳 않고 오로지 전진을 위해 노력하고 있었다.

"크아아악!"

미처 기와를 막지 못한 이는 몸이 갈가리 찢기거나 구멍이 뚫렸고, 손으로 막은 이는 손이 마치 맹수가 물어뜯은 것처럼 너덜너덜해져서 덜렁거렸다.

단 한 수에 이십여 명 중 대여섯 명이 죽거나 신체 일부가 완전히 못 쓰게 되었다.

그 모습을 본 마존은 나머지 복면인들이 무기를 곧추세우고 달려드는 와중에도 고개를 갸웃했다.

"이상하네?"

예전 자신이었다면 던진 기왓장에 실린 경력으로 인해서 모조리 터져 나가야 정상이었다.

오로지 강함을 추구하는 성격이 그대로 내공에 실려서 나온 결과였다.

한데, 지금은 완전히 다른 결과를 낸 것이다.

툭.

가까이 다가온 놈을 향해, 발끝을 이용해 굴러다니는 기와를 쳐낸 마존이 신형을 뒤로 빼면서 뒤에서 공격하는 복면인의 손을 잡아서 앞으로 던졌다.

쾅!

기와를 향해 강한 힘으로 쳐낸 이가 폭발한 기와에 넝마가 되어 비명도 지르지 못한 채 쓰러졌다.

　마존이 있는 곳을 향해서도 파편이 날아왔으나 그가 던진 복면인이 방패 역할을 하여 어떠한 피해도 입지 않았다.

　"크윽!"

　대신 그 복면인은 파편을 맞아서 온몸에 구멍이 숭숭 뚫리며 유명을 달리했다.

　'신경을 써서 내공을 조율해야 예전과 같다니… 이 빌어먹을 내공이 뭔가 또 조화를 부린 모양이구나.'

　강한 파괴력이 아니라 끈끈한 무엇이 있었다.

　'아직도 완성하지 못했단 말인가?'

　환골탈태를 겪으며 무공이 완성되었다고 생각했는데, 아직 부족한 모양이었다.

　"네놈이 어떻게 성장할지는 모르겠지만, 능히 못할 것이 없을 것이다."

　하늘도 날아다닐 수 있느냐고 묻는 마존에게 가문회가 한 말이었다.

　지금도 충분히 날아다닌다고 보여질 정도의 움직임은 가능하였다.

　좀 실력을 발휘하면 능공허도도 가능한 마존이었다.

　"이크!"

　하지만 전장에서 한가하게 이런 생각을 하니 위험을 자초하는 것이었다.

어느새 마존의 주위에는 사십여 명의 인물이 있었고, 그들이 던진 단검이며 암기들이 빼곡히 주위를 둘러싸고 있었다.

우지끈!

발에 힘을 주자 지붕이 무너지면서 마존의 신형이 실내로 떨어졌다.

핑! 핑! 핑! 핑!

아래로 떨어짐과 동시에 밑에서도 암기가 쏘아져 나왔지만, 위에서와 비교했을 때 새 발의 피였다.

하지만 퇴로를 차단하는 것들의 실력이 더 뛰어난지 위에서 날아오던 것들과는 실린 힘이 달랐다.

"흥!"

신형을 뒤집은 마존이 날아오는 암기들을 손을 이용해 잡아채더니 자신의 일 장 앞까지 다가온 놈들을 향해 던졌다.

"큭!"

다섯 놈 중에서 둘은 피했지만, 셋은 피하지 못하고 암기를 맞았다.

암기를 맞은 셋이 금방 피를 토하며 부르르 떨다가 죽는 것을 보니 악독한 독이 발린 것 같았다.

"도대체 이놈들의 정체가 뭐야?"

거침없이 암기를 날리고 바로 신형을 날리는 것은 기습에 숙달이 된 이들이나 하는 행동이었고, 많은 연습을 한 이들이라는 것이었다.

보통 들고 있던 무기를 던진 다음에는 신형이 흐트러지기에 이렇듯 빠른 시간에 공격을 하기는 힘들기 때문이었다.

그런데 이들은 전혀 군더더기없이 두 가지의 동작을 행하고 있었다.

마존이 내려서면서 한쪽을 응시하자 그 순간 침상이 움직이며 비밀 문을 가렸는데, 아마도 이곳에서 밀담을 나누던 이가 몸을 피하고 있는 모양이었다.

마존이 뚫어놓은 구멍을 통해서 우르르 쏟아지는 복면인들.

"해보자, 이거지?"

사실 지금 몸을 피하고 있는 놈들이 누군지 마존은 전혀 관심이 없었다.

그저 돈이나 몇 푼 얻으려 들어온 것에 지나지 않았기 때문이다.

차라리 모른 척했더라면 일이 이렇게 크게 벌어지지는 않았을 것이다.

스스로 일들을 키우고 있었다.

그 일이 어디까지 커질지도 모른 채.

"오냐, 잘 걸렸다. 가뜩이나 요새 참고 지내느라 쌓인 게 많았는데, 오늘 죽어봐라!"

청운자 등의 비위를 맞추느라 참 조용히 지낸 마존이다.

더구나 강호를 유람하면서 호기로운 예전의 모습을 찾아가는 중이었다.

그러던 와중에 철운영 때문에 제동이 걸리고 눈치만 보는 신세로 전락했으니 얼마나 답답했겠는가.

제대로 임자 만난 것이다.

"니들 기둥뿌리 뽑힌다는 말 들어본 적 있냐?"

포위된 상태에서 엉뚱한 말만 주절거리는 마존을 그대로 보고만 있을 복면인들이 아니었다.

어찌 되었든 침입자이자 불청객은 마존이었으니 말이다.

어떤 말도 없었지만, 복면인들의 행동은 일사불란했고 동시다발적이었다.

마존을 향해 암기를 뿌리더니 마치 동귀어진이라도 하려는 듯이 몸을 던져 왔다.

'진짜 이놈들 정체가 뭐야?'

지금 이 모습은 살수나 대문파에서 은밀히 키운다는 어둠의 집단 정도는 되어야 보여줄 수 있는 것이었다.

벌써 몇이나 동료들이 죽는 것을 봤을 텐데도 일절 동요하지 않고 오로지 마존을 죽이기 위해 움직이는 것이다.

그것도 자신의 목숨을 아끼지 않으며!

대부분 이런 모습을 보면 사파를 떠올리기 쉬운데, 오히려 사파 중에 자신의 몸을 아끼는 이들이 더 많았다.

나중에 악에 받치면 몰라도 초반에 이런 모습을 보이기는 어려운 것이다.

물론 사파들이라고 다 그런 것은 아니었다.

대부분이 그렇다는 것이고, 사파에서도 나름 조련시킨 것들은 현재 이들보다 더한 행동도 하였다.

“응?”

동귀어진 같은 것이 아니라 진짜 동귀어진이었다.

너 죽고 나 죽자는 식으로 검과 한 몸이 되어 마존을 향해 쏘아졌던 것이다.

완전히 뒤는 돌아보지도 않고 죽이고 보자는 심보였다.

이미 암기들은 마존의 코앞까지 다가온 상태였다.

순간 마존의 환상적인 움직임이 시작되었다.

거의 보이지도 않을 정도로 손을 움직이더니 날아오던 암기들을 모조리 잡아내었던 것이다.

“파!”

그렇게 잡힌 암기들은 마존에게서 불꽃처럼 피어나 사방으로 날아갔다.

“크윽!”

여기저기서 들리는 비명 소리.

그렇지만 암기를 피한 이들은 쓰러진 이들의 등을 밟고 허공에서 재도약해 방향을 바꾸며 마존을 노렸다.

공격하는 그들의 눈에는 어떠한 두려움이나 망설임, 주저함 같은 것이 없었다.

되쏘아진 암기로 인해 약간의 시간을 번 마존이 그들을 향해서 신형을 날렸다.

가장 가까이 다가온 이의 검을 손등을 이용해 살짝 쳐서 방향을 바꾸고는 금나수로 빼앗았다.

그리고 검의 주인은 팔을 잡아 다른 복면인에게 던져 버렸다.

“윽!”

던져진 복면인이 동료의 검에 꼬치가 되었고, 겸의 주인은 미련없이 들고 있던 검을 버렸다.

동료로 인해서 무거워진 무기를 버린 것이다.

그렇다고 그가 죽음의 위기를 무사히 벗어난 것은 아니었다.

“……!”

어느새 마존은 그를 지나쳐서 다른 이를 공격하고 있었는데, 서서히 붉은 줄이 그의 전신을 반으로 가르며 머리에서 가랑이까지 정확하게 이 등분으로 나뉘었다.

“내가 오늘 이놈의 장원 쓸어버리고 만다!”

혼자 방 안에 서 있는 것은 역시나 마존이었다.

다른 복면인들은 싸늘한 시체가 되어 여기저기 뒹굴고 있었다.

“우선 너부터!”

들고 있던 검을 한쪽 벽면을 향해 던진 마존이 방을 나섰다.

검을 맞은 벽이 서서히 변하더니 이내 사람의 형상을 찾아갔다.

검에 꿰여서 벽에 매달린 시체가 마치 부운장의 앞날을 예견하는 것 같았다.

방을 나선 마존이 가장 먼저 한 일은 전각을 받치고 있는 기둥들을 부러뜨리는 일이었다.

쾅! 쾅! 쾅! 쾅! 쾅!

그사이 복면인들이 쏟아져 나오며 마존을 공격했지만, 그의 옷깃 하나 건드릴 수 없었다.

마존이 어찌나 빨리 움직이는지 그들의 공격은 모두 쓰러지고 있는 기둥에 맞거나 엉뚱한 곳으로 향했다.

가끔 마존의 앞을 가로막는 이가 있기는 했지만, 그것은 죽여달라고 비는 것에 다름 아니었다.

이미 뿔이 날 대로 난 마존이었기에 살수를 쓰는 손에 거침이 없었다.

우르르르르, 쿵!

결국 전각이 요란한 소리를 내면서 쓰러지고 말았다.

그 와중에도 기둥들은 전각의 폐허 밖에 놓여 있었는데, 마존이 그것을 의도한 덕분이었다.

결국 전각을 한 바퀴 돌아 쓰러뜨린 마존의 눈에 처음 부러뜨린 기둥이 보였다.

"죽어봐라!"

쾅!

쓰러진 기둥의 한쪽을 발로 걷어차자 마치 바람개비처럼 회전을 하면서 복면인들을 향해 무섭게 쇄도했다.

홍! 홍! 홍!

듣기에도 흉험한 소리를 내면서 쏘아져 가는 기둥은 인간의 힘으로 막기에는 불가능해 보였다.

굵기도 어른 허리만 한 것이었기에 스치기만 해도 어디 한

군데는 부러질 것 같았다.

그렇게 날아간 기둥을 막으려 한 이는, 오히려 기둥의 힘에 의해 내려친 자신의 검이 팅겨 머리가 쪼개지며 죽었고, 뒤늦게 피하지 못한 이는 기둥에 부딪쳐 머리가 터져 버렸다.

그것이 시작이었다.

마존이 전각을 뺑 돌면서 부러뜨린 기둥들을 사방으로 날려 버린 것이다.

콰콰콰콰쾅!!

전각이 있던 곳을 중심으로 가까이 있던 전각들과 담들이 폭발하듯 터져 나갔고, 장원은 이내 아비규환의 아수라장이 되어버렸다.

거기에 불똥이 튀었는지 불까지 옮겨붙는 바람에 완전히 폐허가 되어가고 있는 장원이었다.

부상자와 사망자가 속출하였고, 여기저기서 비명 소리와 신음 소리, 울음소리가 장원의 하늘을 울렸다.

마존 자신도 이런 광경을 만드느라 상당한 힘을 소비한 상태였다.

기둥에 내공을 싣는 것이 상상외로 힘들었기 때문이다.

"헉, 헉, 휴우~"

이렇게까지 일을 크게 벌일 생각은 없었다.

멀리서 어린아이의 울음소리와 여인의 통곡 소리도 들려왔다.

아마도 이곳에서 일하는 이들이거나 영문도 모른 채 죽음을 맞이한 아랫것들일 것이었다.

"젠장!"

기분이 좋지 않았다.

차라리 이놈들과 전쟁이라도 하고 있었다면 이런 더러운 기분은 아니리라.

"빌어먹을 놈들!"

뭔가 찜찜한 것이 그의 더러운 기분에 기름을 붓고 있었다.

자신에게 덤빈 놈들 중에서 대가리라 생각되는 이는 없었다.

맹목적으로 죽음을 향해 날아드는 불나방 같았다.

그들이 죽는 사이에 이미 이곳에서 음모를 꾸미고 있던 주체는 사라진 것이다.

웅성거림이 커지면서 사람들이 다가오는 소리가 들렸다.

어느새 사라진 마존의 신형.

마존이 나타났다 사라지는 데는 그리 오랜 시간이 걸리지 않았다.

겨우 일각 정도 지났을 뿐이었다.

지금 마존은 다른 곳에서 슬쩍한 돈으로 노점에서 술을 마시고 있었다.

이대로 돌아가기도 뭐했기 때문이다.

아직 어두운 새벽이었지만, 자신이 나온 것은 들킬 우려가 컸다.

부운장에서의 소란도 그렇고, 자신을 감시하고 있을 먼 시선도 무시할 수 없기 때문이다.

엉거주춤 들어가느니 차라리 술이나 진탕 마시고 들어갈 생각이었다.

"뭐 하는 놈들일까?"

아무리 생각해도 일반 장원 같지는 않았다.

죽음을 두려워하지 않는 것하며, 그 상황에서도 두목 급은 보이지 않았던 것하며, 뭔가 비밀이 있는 것 같았다.

"아무렴 어떠냐, 다시 만날 것도 아니고."

결국 날이 샐 때까지 퍼마시다가 일행이 묵고 있는 객점으로 향했다.

일찍 떠난다고 했던 청운자의 말이 기억난 것이 다행이었다.

그렇게 마존이 객점에 가자 일행은 벌써 음식을 시켜서 먹고 있는 중이었다.

"아침 일찍부터 어디 다녀오십니까?"

제갈현이 웃는 얼굴로 맞이했지만, 그 눈 속 깊은 곳은 웃고 있지 않았다.

이것도 변화라면 변화였다.

예전의 마존이었다면 결코 제갈현의 이러한 속내를 보지 못했을 것이다.

"새벽에 술 생각이 나서 한잔하고 오는 길입니다."

아예 까놓고 새벽에 나갔다고 말했다.

나중에 추궁당하는 것보다는 나을 것 같았기 때문이다.

'이 자식, 이거 왜 눈초리가 이 모양이야?'

제갈현뿐만이 아니었다.

일행 모두의 눈에는 깊은 의구심이 가득했다.

"흠, 흠. 덕분에 좋은 구경도 했지요."

"좋은 구경이라뇨? 부운장에서 일어난 일을 목격했단 말입니까?"

"네? 부운장이요?"

부운장을 알고 있다는 사실을 내비칠 만큼 마존은 순진한 놈이 아니었다.

시침 뚝이다.

"아! 간밤에 소란이 벌어진 곳이 부운장입니다."

"거기가 부운장이었군요. 그냥 큰 소리가 나기에 구경 갔던 것인데."

"직접 보셨다면 저희에게 설명 좀 해주실 수 있겠습니까? 많은 사람이 죽었다는 것밖에는 알 수 없어서 말입니다."

이 말은 사실이었다.

아무리 소란이 일더라도 급히 사람을 뺄 수 없었다.

그들에게 중요한 것은 청운자 등이었고, 마존과 철운영을 감시하는 것이었기에.

"뭐, 별것없던데요. 복면 쓴 놈이 난리치는 것밖에는 없었습니다."

"복면이요?"

"네. 그보다……."

마존이 말을 줄이자 중인들의 이목이 그에게 쏠렸다.

사실 그들의 속내는 아직도 마존에 대한 의심을 지우지 않고 있었다.

특히 제갈현이 그중에서 더욱 심했는데, 마존에 대해서 누구보다 더 많이 알고 있었기 때문이다.

결국 제갈현의 우려대로 마존의 행방이 묘연한 가운데, 철운영이 나가서 소란에 대해 알아오는 사이 그들을 감시하는 이들이 왔었다.

하지만 그들 중 누구도 마존의 행방은 알지 못했다.

이것으로 일행들도 마존의 무위에 대해서 다시 생각하는 계기가 되었다.

마존 등을 감시하는 이들은 녹록한 이들이 아니었기 때문이다.

특히나 지금 입을 다물고 있는 청운자의 놀람은 극에 달해 있었다.

그만은 먼 곳에서 일행을 감시하면서 보호하는 이가 누군지 알기 때문이었다.

"도대체 부운장이 뭐 하는 곳입니까? 전 보면서 정말 굉장한 무가라고 생각했습니다. 자신의 몸을 돌보지 않고 적을 향해 달려드는데, 정말 감동이 몰아쳐 오더군요. 제가 도우려고 한 순간 복면인이 사라져서 그냥 그곳을 빠져나왔습니다만, 그들의 살신성인적인 자세와 죽음도 두려워하지 않는 투혼은

본받을 만하더군요."

마존의 말을 들은 제갈현과 장하이, 철운영의 얼굴에 의아함이 떠올랐다.

그들이 알고 있기로는 분명 부운장은 상가이기 때문이다.

마존의 무위를 알고 있는 그들은 마존의 설명을 들으며 뭔가 잘못된 것이라 생각했다.

부운장은 여느 상가와 마찬가지로 가내의 무사는 적고 대부분이 외부에서 영입하거나 낭인을 고용한 경우였다.

그들이 타인에게 감동을 줄 정도로 부운장에 충성을 할 이들은 아닌 것이다.

"음, 정녕 그들이 그런 모습을 보였습니까?"

"예. 숭고하게 보이기까지 했습니다. 저도 그런 수하들을 얻었으면 좋겠다는 생각이 들더군요."

말을 하면서 마존이 그때를 생각하듯이 눈을 감았지만, 부운장에서의 일을 떠올리는 것이 아니라 자신의 수하들을 생각하고 있었다.

'쳇! 빌어먹을 놈들!'

싸울 때는 목숨을 돌보지 않고 싸우더니, 만마성을 세우고 좀 한가해지자 자신을 따돌리고 자기들끼리만 어울렸던 것이다.

어쩌면 마존이 밖으로만 돌아다닌 이유도 그것이었는지 몰랐다.

하지만 만마성을 만들고 축제를 벌이는 와중에 주정을 처먹고 지랄발광을 한 것을 모르기에 하는 소리였다.

다 자업자득이라는 말이다.

마존의 말을 들은 제갈현이 청운자를 바라보자 그가 고개를 저었다.

"일단 조사만 하도록 지시를 하게나. 우리가 직접 나설 수는 없네."

시간이 부족했다.

"알겠습니다."

청운자의 전음을 들은 제갈현이 철운영을 바라보았고, 이내 철운영이 자리를 떴다.

철운영이 장내를 벗어나자 마존은 자리에 더 있기 싫었다.

어차피 이들하고 어울리는 것은 철운영 때문이었으니까.

"언제 출발합니까?"

"일단 밥을 먹고 묘시 말에 출발할 생각이네."

"그렇습니까? 그럼 저는 이만 들어가서 잠시 눈이라도 붙여야겠습니다. 밤새 술을 폈더니."

"알겠네."

방으로 들어가는 마존의 뒷모습을 중인들이 복잡한 눈으로 바라봤다.

"어떤 것 같습니까?"

"그가 사건의 당사자라고 하여도 우리와는 하등 상관이 없네."

지금 이들에게 중요한 것은 공허의 죽음과 혈마강시의 등장이었다.

"일단은 지켜보도록 하지. 곧 그를 시험할 수 있을 테니 말이네."

"알겠습니다."

장하이와 청운자가 전음을 나누는 사이 간단하게 식사를 마친 곽정도 마존이 있는 곳으로 들어갔다.

*　　　*　　　*

"뭣이! 부운장이?"

"네."

"어떤 놈들이냐?"

"놈들이 아니라 단 한 놈이었답니다."

"단 한 놈이?"

"예, 성주님."

"으음, 누군지는 파악했느냐?"

"아직… 하지만 그때 주위에 있던 이들 중에서 의심 가는 놈들이 있습니다."

"누구냐?"

"청운자와 그 일행입니다."

"놈들이?"

"예."

"눈치를 챈 것일까?"

"아직 확실하지 않습니다만, 소란이 일자마자 비밀 통로로 빠져나갔다고 했으니 알아차리지는 못했을 것입니다."

"놈들은 어디로 갔느냐?"

"현재 강서를 지나고 있는데, 아마도 신녀문이 목적지인 것 같습니다."

"신녀문이라……."

"어떻게 하시겠습니까? 그곳도 이쯤에서 포기하시겠습니까?"

"아니. 만마성은 꼭 필요한 놈들이다. 가만히 놔두면 언제 뒤통수를 칠지 모르는 놈들이지. 내가 혈마강시를 가지고도 유일하게 찜찜하게 여기는 놈들이 그놈들이니까. 합류를 시키지 못하면 내분이라도 일으켜야지."

"놈들이 독종이란 것은 알겠지만, 혈마강시가 당하겠습니까?"

"놈들도 놈들이지만, 나는 그 이상의 무엇이 있다고 생각한다."

"그 이상이라뇨?"

"너도 생각을 해봐라. 놈들이 어떤 놈들이었냐? 처음엔 어중이떠중이가 모인 집단이었다. 겨우 우리 눈치나 보던 놈들 말이다. 그것도 겨우 백여 명이나 될까 말까 한 놈들이었지. 그놈들이 우리에게 상대나 되던 실력이었냐? 그런데도 놈들은 버젓이 살아서 만마성이란 것을 만들었다. 그게 놈들의 실력으로 가당키나 한 일이었냐?"

당시 세간에서는 마문이 곧 사황성에 몰살당할 것이란 것이
지배적인 의견이었다.

"그거야 처음에 너무 안일하게 대처해서 그런 것이고, 나중
에야 녹림 놈들이 도와줘서 그런 것 아니겠습니까?"

"그렇지. 처음에는 그저 시끄러운 놈들 정도였고, 아버님도
별로 대수롭지 않게 생각하셨지. 더 중요한 일이 있었으니까.
그리고 그 씹어 먹을 녹림 놈들의 도움도 있었고 말이다. 하지
만 당시 우리는 녹림이 통째로 덤벼도 밟아줄 능력이 있었다.
그런데 결과는 어땠지? 그 대수롭지 않게 생각했던 놈들이 우
리와 쌍벽을 이룰 정도로 성장했다. 그것도 단 이십여 년 만
에. 어떻게 생각하냐?"

"확실히 의외였습니다. 유철휘라는 놈의 성장은 그렇다고
하더라도 놈의 부하들이 그렇게 성장을 한 것은 놀라운 일이
었지요."

"그렇지. 유철휘 놈이 독고 놈과 서로 양패구상했다는 소식
을 들었을 때는 진짜 놀랐지. 당시에 독고 놈은 확실하게 나보
다 뛰어났었거든. 물론 그 상태로 정체되어 퇴보를 하고 있던
실정이지만 말이다. 아무튼 그놈의 그런 빠른 성장이나 만마
성이 빠르게 자리를 잡은 이면에는 우리가 알지 못하는 무언
가가 있는 것 같아."

녹림의 총채주인 녹풍 독고장운은 현재 더 이상의 발전은
이루기 힘든 상태였다.

환골탈태라는 벽을 만나 좌절하면서 서서히 침몰하고 있

었다.

어쩌면 지금 현재 녹림에서 초고수로 등극할 수 있는 가장 가능성을 가진 이는 검거단주인 귀도 장강호일지도 몰랐다.

그렇기 때문에 독고장운이 그를 불러들여 아들의 후원자로 만들려는 것이었다.

"배후가 있다는 말씀입니까?"

"그래."

"하지만 지금까지 아무것도 찾아내지 못했지 않습니까?"

"찾아내지 못했다고 해서 없는 것은 아니지. 무엇보다도 놈의 무공은 이해 불가능이니까."

"그렇지요."

그 점은 귀곡자도 인정하는 바였다.

사황성은 마존에 대해서 상당 부분 조사를 마친 상태였다.

만마성에서 꾸민 마존의 허울도 어느 정도는 파악을 했다.

다만 그 진실된 정체는 아직도 파악을 하지 못하고 있었다.

주책바가지에 무식한 놈이란 것을 말이다.

그리고 이들은 마존의 무공이 왜 갑자기 성장했는지에 대해 의문을 품고 있었지만, 그것에 자신들이 도움을 주었다는 것을 안다면 땅을 치고 후회하리라.

"그놈의 무공이 무엇인지 알아내지 못했지?"

"네. 그 부분은 계속 신경을 쓰고 있지만……."

"아들놈이 익힌 것은 염라도법이 확실하냐?"

"예. 그것은 확실합니다."

그렇다고 하여도 염라도법이 과거부터 유명한 도법도 아니었고, 유철휘가 처음 선보인 것이었기에 더 이상의 정보는 없었다.

"음……."

"초기 단계의 정보가 너무도 부실합니다. 두각을 나타낸 것은 백룡회와의 결전 때인데, 그전에 이미 주변을 장악하면서 갑자기 수면 위로 떠올랐으니 말입니다. 사실 백룡회와 그놈이 문제가 있단 소리를 들은 후에야 놈에 대해서 알게 되었지 않습니까?"

"그놈이 죽었다고 믿냐?"

"네?"

사존의 물음에 귀곡자가 선뜻 대답을 하지 못했다.

"그놈이 주화입마로 죽었다는 것을 믿느냔 말이다."

"공식적인 장례를 치렀고, 그 아들놈이 성주가 된 것으로 보면 맞는 것 같지만 만마성의 분위기가 너무도 태평합니다."

"그래. 그것이 문제야. 놈이 죽었다면 최소한 비상 경계라도 내려야 하는데, 오히려 더 풀어진 감이 있거든?"

"그것에 관해 묻기는 했지만, 구환도 우리가 알고 있는 것 외에는 알지 못하고 있었습니다."

노호검 구환이 귀곡자의 입에서 나온 것은 의외였다.

구환은 만마성 독고 장로의 처남이었기 때문이다.

독고 장로의 부인인 하북요희 구예령의 동생이 바로 구환이었다.

"놈들이 가진 그 단단한 결속력의 이유가 뭘까?"

마존과 마의, 그리고 장로들의 사이는 친혈육보다도 더욱 굳건했다.

"아직 파악 못하고 있습니다. 덕분에 첩자를 심기가 소림보다 더욱 어려운 곳이 그곳 아닙니까?"

"그렇지. 모든 정보는 마의가 통제하고 있고, 모든 무력은 그 장로란 놈들이 쥐고 있지. 기껏해야 허드렛일을 하는 놈들로 간간이 들여보내고는 있지만, 그것도 쉽지 않지 않으냐?"

"외성은 모르겠지만, 내성으로 들어가려다 죽은 놈들이 하나둘이 아닙니다. 무사로 들여보내려 해도 그 지옥대라는 곳에서 죽은 놈들도 있고, 그곳을 통과하더라도 뒤를 철저히 캐고 절대로 권력의 중심에는 들여놓지 않으니 말입니다. 좀 높은 지위에 올랐다 하더라도 워낙 괴물 같은 놈들이 모인 곳이니……."

"역시나 마의 놈이 문제지?"

"네. 어쩌면 놈들이 지금 동요하지 않는 것도 그것을 알고 있기 때문일지도 모르겠습니다."

만마성에서 차지하는 비중이 높은 것은 마존보다 마의였다.

마의가 급살을 맞았다면 비상이 걸렸을 수도 있었다.

"그놈을 죽일 방법은 없느냐?"

"워낙에 철저한 놈입니다. 게다가 놈의 무위도 만만치 않고 말입니다."

“놈의 정확한 무위는 어떻게 되느냐?”

“유철휘 놈이 없으니 현재 만마성의 일인자라고 보시면 됩니다.”

“그놈의 사문도 모르지?”

“네. 그놈뿐만이 아니라 장로들의 경우 대부분이 불확실합니다. 진짜 어느 순간 갑자기 나타났다고 보시면 됩니다. 알려진 것은 몇 되지 않습니다.”

“놈들이 같은 사문일까?”

한동안 그것도 세간에서 왈가왈부되었었다.

“알 수 없습니다. 이미 성주님이 알고 계신 것이 전부입니다. 낭인으로 떠돌던 놈들이었던 것 말고는 알려진 것이 없습니다.”

귀곡자의 말을 들은 사존 능운상이 턱을 쓰다듬으며 생각에 잠겼다.

“저……”

“말해라.”

“그렇게 신경이 쓰이신다면 차라리 혈마강시를 이용해 미리 쓸어버리는 것은 어떻겠습니까?”

“놈들을?”

“네.”

그런 귀곡자를 물끄러미 바라보던 사존이 혀를 찼다.

“그것도 좋은 방법이긴 하다만, 괜히 정파를 자극할 필요는 없다. 미심쩍은 것과 확신을 가진 것은 다르니 말이다. 아무튼 하북요희가 실패한다면 거사를 거행하기 전에 만마성을 먼저 쓸어버릴 것이니, 너는 그것에 관해서도 따로 계획을 세워두 도록 하여라."

"실패할 것이라 생각하십니까?"

"너는?"

"저도 하북요희가 성공하리라고는 생각하지 않습니다. 그 저 동요시키는 정도겠지요."

"아무튼 구환과의 만남은 당분간 자중해라."

"네."

"그곳의 일은 어떻게 되었느냐?"

"지금 벌 떼같이 몰려들어서 조사 중입니다. 이미 덮어뒀던 것을 오히려 더욱 크게 만드느라 힘이 들었습니다."

"우리와 연관시킬 것은 없겠지?"

"예. 지리적으로 의심은 품을 수 있겠지만, 그것은 녹림도 마찬가지입니다. 섣불리 어느 한쪽을 지목하지는 못할 것입니 다."

"처리는?"

"결국에는 녹림으로 가겠지만, 거기까지입니다. 추궁을 하 려 해도 할 사람이 없을 테니까요. 놈들이 헛다리를 짚는 동안 우리는 착실하게 준비하면 됩니다. 결국 정파 놈들은 강남 사 파 전체를 싸잡아서 몰 수밖에 없습니다. 그렇게 된다면 그때 우리가 어수선한 놈들을 장악하는 것입니다."

"계획은 그렇다지만, 언제나 변수가 존재한다는 것을 잊지 마라. 그나저나 놈들이 어떻게 나올 것 같으냐?”

“현재로서는 딱히 어떻게 할 수 있을 리가 없습니다. 두 가지 중 하나겠지요. 공허의 실종과 혈마강시의 출현을 숨기느냐, 공개하느냐.”

“너는 어떻게 하리라 보느냐?”

“저는… 공개할 것 같습니다.”

“어째서?”

“배후가 있다는 가정하에 명분을 만들어야 하기 때문입니다. 공허의 실종과 혈마강시의 등장은 강남 사파를 몰아붙이기에 충분한 명분이니까요. 다만 문제시되는 것은 그 시기입니다.”

“음……”

“저희로서는 그 시기가 길어지면 길어질수록 이득이겠지만, 놈들이 그렇게 나올지는 모르겠습니다.”

“알았다. 그만 나가서 일 보도록 해라.”

귀곡자가 나간 후에 턱을 쓰다듬던 사존이 시선을 창으로 돌렸다.

석양이 내려앉으며 세상이 점점 붉게 물들어가고 있었다.

그에 따라 그의 눈도 점차 붉어지더니 이내 어둠에 잠겼다.

第三章

믿을 놈이 없다

마돈
유랑기

한참을 달리던 마존이 옆에서 같이 달리는 철운영을 흐뭇한 시선으로 바라봤다.

'녀석, 진짜 기특하네. 숨이 조금 거칠어지기는 했지만, 그렇다고 완전히 지친 것 같지도 않고.'

마존이 철운영을 보는 시선으로 일행은 곽정을 바라보고 있었다.

철운영이야 개방이라는 이름과 전에 선보인 전력이 있었기에 그런가 보다 했지만, 곽정이 살인적인 일정을 펼치는 일행을 놓치지 않고 따라오고 있었기 때문이다.

아니, 오히려 철운영보다 조금은 여유가 있어 보였다.

지금은 철운영과 곽정이 경쟁이라도 하듯이 서로를 의식하는 중이었다.

그들은 절대 먼저 쉬었다 가자는 말을 하지 않았다.

마치 누구라도 그 말을 먼저 한다면 지기라도 한다는 듯이.

"조금 쉬었다 가지요?"

시원한 계곡물이 흐르고 있었고, 쌀쌀한 날씨에도 불구하고 철운영이 땀을 흘리자 슬며시 마존이 말을 꺼냈다.

"허허허, 그러시지요."

청운자가 동의하자 일행이 냇가에 자리를 잡았다.

자신들이 챙겨온 건량으로 요기를 하고는 잠시 운공을 하거나 하면서 피로를 풀었다.

"그나저나 지금 어디로 가는 것입니까?"

호남을 빠져나와 강서로 접어든 지도 벌써 이틀이 지나고 있었다.

혈문의 총단으로 간다고 하더니 살짝 남쪽으로 방향을 튼 것이다.

혈문의 총단은 포양호 주변의 파양현에 자리 잡고 있었기에 그곳에 가려면 지금이라도 방향을 북동쪽으로 잡아야 했다.

"아직 말씀을 안 드렸던가요?"

능청스럽게 말을 하는 청운자의 얼굴이 떡판으로 보였다.

슬며시 시선을 내리자 몸에 붙어 있는 주먹이 떡메로 보인다.

떡메는 떡판을 치고자 했지만, 그럴 수 없었다.

"예!"

“지금 우리는 신녀문으로 가는 중입니다.”

“신녀문?”

‘응? 이것들이 거긴 왜 가?’

“네. 그곳에서 사대금강과 합류하기로 했습니다.”

말을 마친 청운자가 슬며시 장하이를 바라보자 그가 미미하게 고개를 끄덕였다.

“그곳에 도착하게 되면 아마도 이 일을 공표하게 될 것 같습니다.”

“뭘요?”

“공허 대사의 실종과 혈마강시의 출현 말입니다.”

“뭐라고요?!”

청운자의 말을 듣고서 가장 놀란 것은 곽정이었다.

그도 그럴 것이, 그는 아직까지도 이 일행의 목적에 대해서 알지 못했던 것이다.

그는 마존이 있다는 그 이유하나만으로 다른 것들에는 관심을 가지지 않았다.

거기다 철운영이라는 비슷한 나이의 좋은 경쟁자까지 있자 아주 만족한 상태였다.

실제로 두 사람은 틈만 나면 무공을 수련하거나 운공을 하여 자신의 실력을 높이는 데 주력했는데, 지켜보던 이들이 혀를 찰 정도로 스스로를 담금질하고 있었다.

일행의 시선이 집중된 마존은 아무런 반응도 없었다.

“아, 그러니까 사대금강이 모두 모여서 그 말을 하고 혈문의 본거지로 간다는 말씀입니까?"

"네? 아, 네."

너무도 담담한 마존의 말에 잔뜩 신경을 곤두세우며 관찰하고 있던 이들의 맥이 빠질 지경이었다.

'허…….'

허탈한 마음이 들었다.

이 말을 하기 위해 살인적인 일정으로 달려온 것이 아니었던가.

만일 누군가와 내통을 하고 있었다면 급작스런 일행의 행보에 당황하였으리라.

전혀 여유를 주지 않고 달려온 지금, 옥화산을 코앞에 두고 일을 벌인 것이다.

그런데 이런 모습은 무엇인가?

곽정만큼은 아니라도 최소한의 호기심은 보일 줄 알았건만, 너무도 무신경한 반응이었다.

제갈현이 아예 대놓고 물어보기로 했다.

"그것에 대해서 어떻게 생각하십니까?"

제갈현이 물었지만, 마존은 그 물음의 뜻조차 이해하지 못하고 있었다.

"뭘 말입니까?"

"공표하는 것에 관해서 말입니다."

"그게 왜요?"

말 몇 마디 했다고 이제는 귀찮다는 기색이다.

"화 대협의 생각은 어떠한가 하는 것입니다. 공표를 하는 것에 대해서 어떻게 생각하시는지요?"

제갈현의 말을 들은 마존이 어이가 없다는 얼굴이 되었다.

"그걸 왜 나한테 물어보시는지?"

"예?"

"내가 뭐라 떠든다고 달라지는 것도 없는데 왜 물어보시냐는 말씀입니다. 내가 하지 말라고 하면 안 하는 것도 아니고."

이제는 조금 퉁명스럽다.

물어본 제갈현이 다 민망할 지경이다.

사람이라면 최소한 자기 생각이란 것이 있는 법이었다.

"그럼, 공표 시기에 관해서는 어떠하십니까?"

"예?"

"너무 이르다거나 하는 생각은 없으십니까?"

"내가 이르다고 하면 나중에 공표할 생각입니까?"

오히려 되묻는 마존이다.

"네? 그것은 아닙니다만……."

"그럼 됐네요."

아예 돌아앉아서 운공을 하는 자세를 취하는 마존이다.

아까 운공을 했으니 진짜 운공을 하지는 않을 것이었다.

한마디로 귀찮게 하지 말라는 뜻이다.

그 모습을 본 제갈현이 고개를 절레절레 흔들었다.

사실 청운자 등은 마존을 시험할 요량으로 이 말을 한 것이었다.

어차피 얼마 안 있으면 알게 될 사실이었으니, 그 말을 하고 반응을 지켜볼 생각이었던 것이다.

만일 마존이 뭔가 다른 꿍꿍이가 있다면 공표를 하는 시기라든지 그 이면에 감춰진 것이 무엇인지 캐내려 할 것이었다.

공표를 하고나서 무림맹이 움직이는지 등등의.

그것이 아니라도 최소한의 호기심은 표할 줄 알았건만, 이건 너무 무심했다.

"저기, 그것이 사실입니까?"

이제껏 무심한 듯 행동하던 곽정이 오히려 놀라서 묻고 있었다.

"네, 사실입니다."

"어떻게 그런 일이……."

뭔가 큰 충격을 받은 것 같은 모습의 곽정.

'이게 정상적인 반응 아니던가?'

처음 공허의 실종 사실을 알게 되었을 때도 마존의 반응은 시큰둥하였다.

마치 옆집 개가 집 나갔다는 소식을 들은 듯한 모습이었다.

"실종되신 것입니까, 아니면 뭔가 안 좋은 일을 당하신 것입니까?"

"음, 현재로서는 후자라고 보고 있습니다."

고민을 하던 제갈현이 입을 열었다.

어차피 며칠만 있으면 비밀이랄 것도 없기 때문이다.

"그래서 사대금강분들이 나오셨던 것이군요."

사대금강의 존재를 알게 되었을 때부터 뭔가 일이 있다는 것을 알게 된 곽정이었지만, 그다지 신경 쓰지는 않았다.

어차피 그들과의 차이는 넓고 깊었고, 현재 자신의 목표인 마존이 옆에 있었기 때문이다.

언젠가 무공이 높아진다면 비무 상대로서 관심을 가질 수도 있겠지만, 아직은 먼 미래의 일이었다.

그렇기에 사대금강에 대해서 호기심은 느꼈지만 그다지 큰 반응을 보이지는 않았다.

그러나 공허에 대해서만은 달랐다.

천하제일인이 바로 그였으니까.

공허는 무에 뜻을 둔 이들의 궁극적인 목표였다.

그런 그가 실종이라니. 더군다나 위해를 당했을 수도 있다는 말은 쉽게 다가오지 못했다.

"흉수는 파악이 되었습니까?"

아예 제갈현의 옆으로 자리를 옮기면서 물어보는 곽정을 청운자가 날카로운 시선으로 바라보았다.

'곽 소협은 분명 화 대협이 데리고 왔다. 어쩌면 곽 소협을 이용해 궁금한 점을 캐는 것이 아닐까?

뜬금없이 합류하게 된 곽정.

거기다 곽정은 떠돌이 낭인이 그렇듯 명확한 과거가 없었다.

그렇게 따지면 마존도 마찬가지였지만, 그는 사문과 사형제들이 있지 않았던가.

잔가지라도 있다는 것이다.

그러나 곽정은 아무런 흔적도 없이 날아든 낙엽과 같았다.

어디서 떨어졌는지, 어디서 자라왔는지 모를.

그래서 마존과 곽정을 같은 패로 의심하는 것인지도 몰랐다.

하지만 이런 청운자의 생각은 그리 길게 이어지지 못했다.

딱!

"크윽!"

어디선가 날아온 돌이 곽정의 머리를 후려 갈겼다.

"아, 거, 시끄럽네! 운공하고 있는 거 안 보여! 어차피 며칠 있으면 알게 될 것을 왜 시끄럽게 묻고 지랄이야!"

돌을 던진 이는 마존이었다.

마존이 곽정을 대하는 모습을 보면 완전히 다른 사람이었다.

일행을 만나기 전의 행태를 그대로 보여주고 있었기 때문이다.

툭하면 주먹에 발길질에, 거기다 욕은 일상이었다.

"흉수가 누군지 알면, 뭐 달라지냐? 네가 복수라도 하려고? 주둥이 닥치고 할 일 없으면 운공이라도 하란 말이다! 무공은 됐다 국 끓여 처먹을래? 정 궁금하면 전음으로 하던가!"

한 대 맞은 곽정이 조용히 물러서서 운공에 들었다.

그 모습을 본 일행은 또 의문이었다.

'이게 이렇게 화를 낼 정도의 일인가?

아니었다.

당연한 반응이었다.

공허의 실종은 그만큼 큰 사건이었으니까.

그런 당연한 반응을 보이는 이에게 그저 시끄럽다고 돌멩이를 던지다니?

그들이 그런 궁금증을 가지거나 말거나 마존은 힐끗 한쪽을 바라보더니 다시 자세를 잡았다.

'짜식이, 우리 운영이가 운공하고 있는데 어디서 시끄럽게 하고 있어? 그러다 자칫 큰일이라도 나면 어쩌려고. 가뜩이나 피곤한 것 같던데.'

이게 진실이었다.

철운영은 기실 곽정보다 조금 떨어졌다.

현재도 곽정은 짧은 운공으로 어지간한 피로를 풀었지만, 철운영은 꾸준히 운공을 하고 있었다.

그 사실에서 내공의 운용이 곽정에 못 미친다는 것을 알 수 있었다.

'빌어먹을 것들. 도대체 애한테 뭘 가르친 거야?'

자신이 가르쳤다면 지금의 모습이 아닐 것이라 생각하는 마존이었다.

만마성에 있는 유상호가 이미 좋은 예가 아닌가.

이제 겨우 스물셋이건만 그 성질 더러운 장로들을 제외하고는 꿇리는 이들이 없지 않던가.

현재 후기지수에서 가장 강한 이를 꼽으라면 유상호가 제일이었다.

만마성의 주인이라는 것만으로도 이미 많은 주목을 받고 있지만, 유상호의 평가는 거기까지였다.

즉, 만마성의 주인인 것은 인정하지만 그의 무위는 인정하지 않는다는 말이다.

하긴 당연한 일일지도 몰랐다.

그가 공식적으로 도를 든 적은 한 번도 없기 때문이다.

아직 표면으로 떠오르지는 않았지만, 그가 도를 뽑는 날 세상은 그를 인정하게 될 것이었다.

마존은 이미 그에게 가르칠 것은 모두 가르쳤다.

이제는 유상호 스스로 자신을 갈고닦아서 올라가는 일만 남은 것이다.

마존의 수련 방법은 간단했다.

알고 있는 것을 모조리 가르친 다음부터 장로들과 드잡이질을 시켰다.

그것은 비무가 아니었다.

장로들은 생사결에 임하는 자세로 유상호를 맞이했고, 그런 그들을 향해서 유상호도 목숨을 걸고 도를 들었다.

유상호의 얼굴을 보면 알지 못하지만, 옷을 벗겨보면 무수히 많은 상처들이 전신을 도배하고 있었다.

마치 마존의 젊은 날의 그것과 같이.

그 하나하나가 깊었고, 심한 것은 생명을 위협할 정도의 것도 있었다.

그렇게 유상호는 강해졌던 것이다.

오죽하면 백유향이 유상호의 몸을 보고는 기절까지 했겠는가.

'쳇! 그나저나 아직도 이름은 떠오르지 않는군.'

이 생각 저 생각 하다가 자신의 무공에 이른 마존이 내공심법에 이름을 지어주려고 했지만, 딱히 떠오르는 이름은 없었다.

무공을 만들고 그것에 이름을 지을 때는 간단했던 것이 내공에 이르면 막히는 것이다.

마치 무언가가 가로막고 있는 것 같았다.

아직은 아니라고, 아직은 때가 아니라고.

'그냥 쉽게 하나 지어볼까?'

이름이 없었기에 명확한 형태가 자리 잡지 못했다.

반야신공이나 태극공이나 하는 이름이 있다면 내공이 나아갈 길이나 만들어야 할 길이나 성질을 말해준다.

노호심법이라면 거칠고 광포하다는 것을 아는 것처럼.

그러나 마존의 내공심법은 아직 이름이 없었다.

"때가 되면 알게 될 것이다."

사부의 말은 언제나처럼 두루뭉술했다.

'흥! 속 시원하게 말한 것이 하나도 없잖아!'

이제 와 생각하면 사부에 대해서 별로 아는 것이 없었다.

아니, 거의 전무했다.

똑 부러지는 것을 좋아하는 마존과는 완전하게 다른 모습인 것이다.

제자는 어느 정도 사부를 닮게 마련이건만, 마존과 가문회를 비교하면 극과 극이었다.

어쩌면 스스로의 모습에 회의를 느낀 가문회가 마존을 일부러 그렇게 만들었을지도 몰랐다.

기본 바탕이 반골인 마존을 더욱 부추겨 자신과 완연하게 다른 인물로 크게 한 것인지도.

'에라, 모르겠다.'

상념에서 깨어난 마존이 스르륵 눈을 뜨자 뭔가가 눈앞에 다가와 있었다.

"응?"

잔뜩 숨을 참아 상기된 얼굴의 곽정이었는데, 주둥이를 쭉 빼고 있는 모습이 마치 입맞춤이라도 할 것 같은 모습이었다.

빡!

"컥!"

"뭐, 뭐야?"

화들짝 놀란 마존이 일단 한 대 갈기고는 서둘러 신형을 뒤로 물렸다.

마존에게 부지불식간에 얻어맞은 곽정은 이 장쯤 떨어진 곳에서 꿈틀거리고 있었는데, 제대로 들어간 모양이었다.

"너, 진짜 그런 쪽이었냐? 나한테 흑심을 품고 있었던 거야?"

쓰러져 꿈틀거리는 곽정에게로 다가간 마존이 아주 작심을
한 것처럼 밟아대고 있었다.

퍽! 퍽! 퍽! 퍽! 퍽!

"처음 봤을 때부터 이상한 소리를 하더니, 역시 넌 그런 놈
이었어! 비무? 그런 핑계를 대고는 나를 음흉한 시선으로 봤단
말이지? 이 빌어먹을 자식아!"

신나게 다져 준 마존이 일행들, 정확히는 철운영에게로 시
선을 돌렸다.

"난 아닙니다. 절대 그런 놈이 아니란 말입니다. 믿으시지
요?"

모두에게 말을 하고 있었지만, 눈은 철운영에게 고정되어
있었다.

"예? 아, 예. 믿습니다."

청운자가 말을 했지만, 철운영에게는 아직 듣지 못했다.

"운영 조카, 믿지?"

"네? 아, 믿습니다."

말은 그렇게 하면서 슬쩍 한 발 뒤로 물러섰는데, 그것은 마
존이 남자에게 흥미가 있다는 생각으로 그런 것이 아니라 마
존이 마치 잡아먹을 듯이 다가왔기 때문이다.

하지만 마존에게는 그렇게 보이지 않았다.

그는 철운영이 오해한 것이라 생각한 것이다.

"으음……."

그때 쓰러졌던 곽정이 정신을 차리며 몸을 일으키고 있었다.

“이런 개자식!”

퍽!

어떻게 움직였는지 보이지도 않았다.

어느새 마존의 발이 비틀거리던 곽정의 턱을 후려갈긴 것이다.

비명도 지르지 못한 채 붕 떠서 허공을 유영하는 곽정.

“죽어!”

턱을 걸어차면서 신형을 띄운 마존이 허공에서 그대로 발을 내리찍었다.

이대로 맞으면 진짜 죽을 판이었다.

“화 대협, 진정하시지요!”

어느새 다가온 청운자가 슬쩍 곽정의 몸을 밀어내며 마존의 발을 향해 부드러운 장력을 쏘아냈다.

쾅!

장력에 밀린 마존의 발이 땅을 찍었는데, 거의 삼 장여의 땅바닥에 균열이 갈 정도의 힘이 실려 있었다.

“화 제, 화를 풀게나, 응?”

뒤늦게 달려온 장하이가 마존의 팔을 잡았다.

“놓으십시오! 내 저놈을!”

“오해네, 오해야! 오해란 말일세!”

“화 숙부님, 오해입니다. 그러니 좀 진정하세요!”

이제는 철운영까지 마존의 다른 쪽 팔을 잡고 있었다.

“놓으… 응? 오해?”

다른 이들은 몰라도 철운영의 말까지 씹을 수는 없었다.

"네! 오해입니다. 그러니 일단 앉으세요."

장하이 등이 마존을 안정시키는 사이 청운자는 곽정을 살리기 위해 최선을 다하고 있었다.

제갈현이 옆에서 도와주고는 있지만, 상태가 심각한지 두 사람의 이마에 땀이 맺히고, 얼굴은 굳었다.

"사실은……."

간신히 마존을 진정시킨 장하이가 사건의 전모를 말했는데…….

마존이 운공에 든단 말을 하고 자신만의 상념에 빠진 순간, 철운영이 운공을 마쳤다. 그런데 이번에는 마존이 일행의 발길을 잡았다.

도무지 깰 생각을 하지 않는 것이다.

그때 무언가를 생각했는지 곽정이 마존의 얼굴 앞에 자신의 얼굴을 들이대고는 기다리는 것이 아닌가?

그 모습을 본 일행은 혹시라도 마존이 다시 통찰의 순간을 맞는 것이 아닌가 생각했다.

그러자 곽정의 뻔뻔함이 조금은 부러워지기도 했다.

아무리 무공에 대한 욕심이 있다고는 해도 남의 얼굴에, 그것도 남자의 얼굴에 저렇듯 자신의 얼굴을 들이대기는 힘들기 때문이다.

청운자는 물론이고, 얼굴에 철판 깔고 산다는 장하이조차도 쉽지 않은 행동이었다.

그래도 제자를 아끼는 마음에 슬며시 철운영을 바라봤지만, 그 시선을 느낀 철운영이 조용히 미간을 찌푸리며 눈을 부라렸기에 강요하지는 못했다.

그러나 그들의 부러운 시선도 잠깐이었다.

마존이 눈을 뜸과 동시에 반시체가 되어버린 곽정이었으니까.

아니, 어쩌면 진짜 이대로 세상을 하직할지도 몰랐다.

"흥! 죽을 짓 했구만! 빌어먹을 놈이 어따 낯짝을 들이대?"

"흠, 흠."

마존이 말을 하자 장하이가 불편한 얼굴로 헛기침을 했다.

'이놈은 또 왜?'

"허허허, 화 제. 빌어먹는 것이 꼭 나쁜 것은 아니라네."

그렇다.

장하이는 빌어먹는 놈이었던 것이다.

거지에게 거지 같은 놈이라고 하면 거지가 기분이 좋겠는가?

그제야 자신의 실수를 눈치 챈 마존이 서둘러 수습에 나섰다.

"죄송합니다, 형님. 그런 뜻이 아니었는데. 아무렴요. 빌어먹는 것이 꼭 나쁜 것은 아니지요. 남한테 피해주는 것도 아니고요. 공갈 협박으로 뺏는 것들이 나쁜 것들이지요."

“흠, 흠, 흠.”

마존의 말에 이제는 철운영이 헛기침을 한다.

“응?”

고개를 갸웃하는 마존이었지만, 철운영의 헛기침이 무엇을 말하는지 알 수 없었다.

말을 해줄 철운영도 아니고.

“휴우~ 간신히 고비는 넘긴 것 같습니다.”

청운자가 이마의 땀을 훔치고는 일어섰다.

“그나저나 이대로는 움직이기 힘들 것 같은데…….”

제갈현이 말을 하면서 마존을 바라보았다.

네가 저지른 일이니 네가 책임지라는 무언의 압박이었다.

“그냥 놓고 가면… 안 되겠지요?”

마존은 진짜 그냥 버리고 가고 싶었다.

“제가 업겠습니다.”

철운영이 나섰지만, 안 될 말이었다.

현재 가장 무공이 딸리는 것이 그였으니까.

그가 곽정을 업는다면 일행의 속도는 더 떨어질 것이었다.

그리고 마존도 그것을 원하지 않았다.

“내가 업지요.”

웃옷을 찢은 마존이 길게 줄을 만들더니 곽정을 등에 고정시켰다.

몸을 몇 번 움직이자 기절한 곽정의 팔다리가 낭창낭창 휘날린다.

"됐네요. 가시지요?"

짐짝도 그렇게는 안 다루겠다는 생각이 들었지만, 그걸 입 밖으로 꺼내는 이는 없었다.

청운자가 앞서고 그 뒤를 제갈현이 따랐다.

"어떤가?"

마존이 보인 행동에 대해서 묻는 것이리라.

청운자의 전음을 받은 제갈현이 힐끔 마존을 돌아보았다.

"역시나 첩자 같지는 않습니다."

"그렇지?"

"네. 그리고 이 일에 연관된 인물도 아닌 것 같습니다."

진짜 그렇게 보기에는 무리가 있었다.

"곽 소협은 어떤가?"

"아직까지는 뭐라 장담할 수 없습니다."

"가능성은 있다는 말인가?"

"믿을 수 있는 단계는 아니라는 말입니다."

"그렇군. 알겠네."

"침 흘리지 마!"

딱!

"화 제! 그러다 죽겠네! 기절한 사람이 뭘 알겠는가?"

"화 숙부님, 참으세요!"

뒤에서 들리는 소리에 제갈현과 청운자가 동시에 고개를 절레절레 저었다.

일행이 신녀문에 도착했을 때는 이곳이 금남의 구역으로 유명한 신녀문인가 의심스러울 정도로 많은 남정네들이 있었다.

무림맹에서 파견 나온 무사들인 것이다.

승도속의 인물들이 신녀문 곳곳에서 경계를 하고 있었다.

현재 신녀문은 무림맹의 지부라 해도 과언이 아닐 정도였다.

그것도 하나같이 정광이 번뜩이는 이들이었다.

'이런 놈들은 어디서 이렇게 꾸역꾸역 기어나오는지……'

나름대로 장래가 총망되어 보이는 정파의 어린놈들을 바라보는 마존의 시선은 그리 곱지 않았다.

사파는 대대로 인원 부족에 시달렸기 때문이다.

어쩌다 깡다구있어 보이는 놈들이 온다고 하더라도 그놈이 그대로 자라주는 것은 열에 하나나 둘이었다.

지위가 오를수록 하나같이 향락에 젖어서 눈의 독기는 풀어지고 대신 그 자리에 탐욕이 들어앉기가 일수였다.

그나마 만마성은 나은 편이었다.

들어오는 놈들마다 독기를 더하기 위해 지옥대를 편성해 운용했고, 그 독기가 없어지지 않게 하기 위해 승급 대회를 만들어 죽어라 무공만 파게 만들었으니까.

뒤늦게 사황성이나 녹림도 그것을 따라 하고는 있었지만, 이미 윗대가리가 썩은 그들이었기에 실효를 거두지는 못했다.

온갖 비리가 만연하면서 오히려 재능있는 놈이 암습에 죽어 나자빠지곤 했던 것이다.

그런 면에서 보자면 마의의 존재가 더욱 컸다.

마의는 만마성을 만들면서부터 체계를 확실하게 잡았다.

만마성의 기반을 이루던 이들이 마문 시절부터 사황성과 박터지게 싸웠던 이들이었다.

서로의 등을 맡길 수 있는 존재들.

그것은 그들에게 특별한 감정을 가지게 했다.

피로 이어진 가족보다도 더욱 끈끈한 무엇을 형성하게 만들었던 것이다.

그리고 만마성을 만들었다고 다가 아니었다.

절강을 제패하기까지 그들은 또다시 무수한 피를 흘렸다.

그러면서 그들의 결속은 더욱 굳건해졌다.

사존 능운상이 알 수 없는 그들의 결속력을 그렇게 만들었다.

아마 사황성이나 다른 여타 문파도 초기에는 그런 결속력을 가지고 있었을 것이다.

그것이 세월이 흐르며 점점 퇴색되어 현재에 이른 것일 뿐이었다.

이권을 가지고 서로를 포섭하거나 약점을 잡아서 자신의 편으로 만드는 풍토가 만연한 지금에 와서는 이해하기 힘든 그들만의 교감이었다.

그런 일세대가 아직 권력을 틀어쥐고 있었기에, 그런 그들이 가르쳤기에 현재의 만마성은 어느 문파보다도 강한 유대감으로 뭉쳐 있었다.

　동료의 소중함을 아는 것은 정파의 어느 문파보다도 뛰어났
다.

　물론 정파는 정파 나름대로 사형제 간의 유대가 높았지만,
그것은 정에 호소하는 바가 컸다.

　싸움에 임해서 뒤를 걱정하지 않는, 내가 죽으면 나 혼자만
죽는 것이 아니라 내 동료가 죽는다는 생각을 가지고 있다고
다는 아니다.

　그것을 위해서 적의 칼날에 내 몸을 던지는 용기가 필요했
다.

　지옥대는 그런 생각과 용기를 심어주기 위한 곳이었다.

　그곳을 나올 때는 어느 문파의 누구보다 동료를 신뢰하는
감정을 가지고 나올 수 있었다.

　동료를 불신하는 자, 동료를 이용하려는 자, 제 잇속만 챙기
려는 자는 결코 지옥대를 마칠 수 없었다.

　지옥대는 무공이 강하다거나 체력이 뛰어나야만 마치는 곳
이 아니었다.

　몸이 약해도, 무공이 뒤떨어지더라도 동료를 믿고, 동료를
의지하고, 동료를 위하는 마음이 있다면 누구라도 끝까지 할
수 있었다.

　왜냐하면 그가 믿는 동료들이 그를 도와줄 것이었기에.

　지옥대는 무공을 단련하는 곳이 아니었다.

　그곳은 스스로의 정신을 갈고닦는 곳이자, 동료를 만드는
곳이었다.

그것이 바로 마의가 무수한 싸움을 겪으며 얻은 교훈이었고, 만마성에 뿌리내리고 싶은 정신이었다.

독고 장로가 아들을 지옥대에 넣은 것도 그 때문이었다.

골방에 처박아두는 것은 해결책이 될 수 없다고 판단한 것이다.

유상호는 그곳을 통과하지 않았다.

그리고 장로들의 자식들도 마찬가지였다.

그것은 마의의 착각이었는데, 같은 전장을 겪은 장로들이었기에 누구보다 자식들에게 그 정신을 잘 전해줄 것이라 여겼기 때문이다.

빈틈없어 보이는 마의의 어수룩한 면이었다.

그 이유는 동료를 너무 믿었다는 데에 있었다.

이제는 마의도 알았다.

세상에 믿을 놈 하나 없다는 것을.

독고 장로의 아들인 독고만이 일으킨 사건을 계기로 만마성은 분주했는데, 마의가 그 문제점을 인식하고는 장로들의 아들이나 손자들을 모조리 지옥대로 보내 버렸기 때문이다.

물론 독고만처럼 오 년씩이나 있지는 않겠지만, 기득권층이라는 나태함에 절어 있던 그들에게는 충격이었을 것이다.

물론 유상호는 예외였다.

유상호는 장로들과 치고받으면서 자연스레 그것을 얻을 수 있었으니까.

마의는 지옥대도 마찬가지이지만, 유상호를 혼자 싸우게 하지 않았다.

언제나 편을 갈라서 협공을 하게 만들었다.

만마성의 무사들이 홀로 싸우는 것은 승급 대회뿐이었다.

그것은 누구의 힘도 빌릴 수 없는 혼자만의 싸움이었기 때문이다.

이런 정신이 이어지는 한 만마성은 지금처럼 누구도 무시 못하는 위용을 자랑할 것이다.

무림맹 무사에게 곽정을 인계하고 주변을 휘휘 둘러보는 마존이었다.

이제는 정신을 차려 무사의 부축을 받고 서 있을 정도는 된 곽정이었다.

그렇게 둘러보던 마존의 시선에 익숙한 얼굴이 보였다.

'저 할망구는 지치지도 않나?'

문수란이었다.

문도들에게 무엇을 지시하고, 무림맹 무사들과도 얘기를 하던 그녀가 마존 등에게로 다가왔다.

문수란이 폐관을 하지 않는다고 하여도 무어라 말할 입장이 아닌 마존이었다.

있는 대로 무게 잡고는 하루도 못 되어 정체를 까발린 것이 자신이었으니까.

그리고 어차피 자신은 죽은 몸이었기에 그녀가 나오거나 말거나 상관이 없었다.

"어서 오십시오, 청운자 대협."

그렇게 청운자와 문수란이 인사를 하고, 나머지 일행과도 같이 안부를 물었다.

"이분은……?"

"안녕하십니까, 화무정이라고 합니다."

마존의 인사를 받은 문수란이 고개를 갸웃했다.

"진가장의 비무초친에서 우승하신 화 대협이 맞습니다."

"제 의제이지요."

장하이가 늦지 않게 나서서 말을 하였다.

이 말을 들은 무림맹의 무사들이 잠시 고개를 돌렸으나, 이내 자신들이 맡은 일을 하기 위해 움직였다.

하지만 그들의 뇌리에는 마존이 장하이의 의제라는 말이 깊이 박혔을 것이다.

정파는 배분을 중시하였고, 장하이의 의제라면 장하이와 동년배가 되기 때문이다.

혹시라도 실수하는 일이 없도록 이 일은 순식간에 퍼질 것이다.

장하이도 이것을 노리고 많은 이들이 있는 곳에서 말을 한 것이었다.

"그러시군요. 월을 무기로 사용하신다고 하여서 못 알아봤습니다."

'흥! 네년이 못 알아보는 게 그것뿐이냐?

마존은 문수란과 많은 말을 섞고 싶은 생각이 없었다.

“그리고 이쪽은 곽정, 곽 소협인데… 에… 그러니까……”

장하이가 곽정을 소개하려다 입이 막혔다.

이미 곽정이 어째서 마존을 쫓아다니는지 알고 있는 그로서는 어떻게 소개해야 할지 몰랐던 것이다.

대놓고 마존의 몸종이라고 하기에는 곽정의 무위가 예사롭지 않았다.

그리고 무를 추구하는 승부사에게 실례가 될지도 모른다는 생각에서 입이 막힌 것이다.

그러나 그런 걱정은 할 필요가 없었다.

“안녕하십니까, 곽정이라고 합니다. 주인님의 하인입니다.”

곽정의 소개에 문수란이 다시 고개를 갸웃했다.

풍기는 기도나 자세가 결코 하수라고 보기 힘들었기 때문이다.

“사정이 있어서 잠시 화 대협께 몸을 의탁하고 있습니다. 곽 소협은 승부사입니다.”

장하이의 전음을 받은 문수란이 고개를 끄덕이더니 마주 인사를 하고는 문도를 불러 일행을 숙소로 안내했다.

“저는 처리할 것이 있어서……”

짧은 작별의 말을 마치고 멀어지는 문수란의 등을 보면서 마존의 뇌리에 신여옥이 떠올랐다.

‘잘 지내고 있나?’

딱히 보고 싶은 것은 아니었다.

물론 전혀 신경이 쓰이지 않는다고 한다면 거짓말이겠지만,

이미 몸이 만신창이(?)가 된 마당에 볼 일은 없었다.

아니, 볼일(?)은 있었지만, 본다면 더 울화만 치밀 것 같았다.

세간에 알려진 것도 아니고, 아직 나이도 어리니 다시 사랑을 하고 그녀만의 삶을 살 수 있을 것이었다.

신녀문에서도 쉬쉬할 일이었다.

그 상대가 모용세가였기 때문이다.

모용세가주의 동생을 죽였다고 소문이 나 있는데, 어찌 신여옥과 마존을 같이 엮겠는가.

청운자는 신녀문주를 만나러 갔고 나머지 일행은 숙소로 향했다.

숙소에서 한참을 누워서 뒹굴거리자 곽정이 철운영의 부축을 받으며 들어왔다.

"다녀왔습니다."

방에 들어서면서 말하는 곽정의 음성에는 어떠한 원망도 들어 있지 않았다.

만일 곽정 혼자 들어섰다면 본 체도 안 했을 것이나, 그를 부축하고 온 이가 바로 철운영이었다.

"밥은 먹었냐?"

"아직 안 먹었습니다."

"그래? 그럼 같이 먹자. 나도 아직 식전이니까."

워낙에 많은 이들이 있었기에 각자의 방에서 음식을 먹을 수는 없었다.

그래서 임시 식당을 만들어 그곳에서 끼니를 해결했는데,
마존 일행 등은 특별 손님이었다.

그렇기에 각자의 방에서 식사를 할 수 있게 배려를 해주었
다.

"운영이도 같이 먹지?"

"예. 그럼 제가 가서 말하고 오겠습니다."

"그래라."

철운영이 나가자 곽정이 마존을 가만히 바라보았다.

"왜?"

"철 소협을 바라보시는 눈은 진심인 것 같습니다."

"뭐?"

"다른 분들에게 말씀을 하실 때는 진심이 느껴지지 않는데,
유독 철 소협에게만은 진심이 느껴진다는 말입니다."

곽정의 말을 들은 마존은 뒤통수를 한 대 얻어맞은 기분이
었다.

"무슨 실없는 소리냐?"

"그냥 그렇다는 말입니다."

"훙!"

'이런, 젠장!'

낭패였다.

곽정이 알아차린 것을 청운자나 장하이가 모를 리 없었다.

능구렁이같이 눈치 빠른 제갈현이라면 더욱.

'내가 그렇게 티 나게 행동했던가?'

이것은 티를 내고 말고 할 성질의 것이 아니었다.

철운영을 뺀 나머지 일행은 그저 짐 덩어리로만 보니, 그 속내가 불거져 나온 것이다.

마존이 궁리를 하고 있을 때, 철운영이 돌아왔다.

"드릴 말씀도 있으니 같이 식사를 하시잡니다."

"그래, 알았다."

"곽 소협은 어떻게 하시겠습니까?"

"저도 같이 가겠습니다."

비틀거리는 몸으로 침상에서 일어난 곽정이 마존 등을 따라 나섰다.

곽정은 마존을 놓치고 싶지 않았다.

더군다나 일행에게서 떨어지고 싶지도 않았다.

일행은 전장을 향해 달려가는 불덩어리였다.

언제 터질지 알 수 없는 것이다.

수행을 하는 입장에서 평화는 독이었다.

그 전장이 일행을 삼킬 때, 방관자로 있고 싶지 않았다.

마존 등이 가장 넓은 방을 쓰고 있는 청운자가 있는 곳으로 가자 일행 모두는 그곳에 모여 있었다.

간단하게 식사를 마치고 차를 마시면서 본격적인 얘기가 시작되었다.

"사대금강분들은 내일쯤 도착하실 것 같습니다. 그러니 모레 출발하는 것으로 하겠습니다."

청운자의 말에 모두 주의를 집중하고 있었지만, 마존만은 딴생각에 잠겨 있었다.

곽정의 말에 뜨끔한 그는 앞으로 철운영을 어떻게 대해야 할지 궁리하고 있었던 것이다.

'갑자기 거리를 두는 것도 그렇고, 젠장! 어떻게 한다?

"화 대협."

"예?"

제갈현의 물음에 고개를 들자 모두의 시선이 자신에게 향해 있었다.

"어떻게 생각하십니까?"

"……."

'뭘?'

마존이 눈만 껌벅거리자 곽정이 옆에서 도움의 손길을 뻗었다.

"이번 혈문 총단을 방문함에 있어서 어디까지 수위를 두겠느냐는 말씀입니다."

곽정이 오랜만에 쓸모있다는 것을 보여주었다.

"수위? 수위라고 할 것이나 있나?"

"예?"

마존의 말에 제갈현이 되물었다.

"사실 우리가 혈문에 가는 것도 우리를 감시하던 놈에 대해서 따지러 가는 것 아닙니까? 딱히 그놈이 흉수들과 연관이 있다는 것도 아니고 말입니다. 한마디로 억지 쓰러 가는데 수위랄 것이 있냐는 물음입니다.”

그렇다!

현재 마존 일행이 혈문에 가는 것은 감시하던 놈에 대해서 따지러 가는 것인데, 그놈이 혈마강시나 공허와 연관이 있다는 증거는 없었다.

그저 우리를 왜 감시했느냐고 묻기 위해 가는 것일 뿐이었다.

“하지만 상황이 미묘하지 않습니까?”

“상황이라… 어차피 그놈도 청부를 받았다고 하지 않았습니까?”

“그래도 청부자의 신원을 알아낼 수는 있지 않겠습니까?”

“정말 그렇게 생각하십니까? 설사 청부자의 신원을 알아내더라도 우리가 그자를 잡을 수 있다고 생각하십니까?”

마존의 물음에 제갈현이 입을 닫았다.

사실이 그러하기 때문이다.

멍청한 놈이 아니라면 벌써 도망가고도 남았다.

아직도 꿋꿋하게 자리를 지키며 나 잡아가 주세요, 하면서 기다리고 있지는 않을 테니까.

제갈현이 다시 봤다는 눈빛으로 마존을 바라봤다.

그 눈빛을 받은 마존이 조용히 손가락을 꺾었다.

뚜두둑.

제갈현이 슬며시 고개를 돌린다.

그도 그럴 것이, 조금만 생각이 있으면 알 일이었기 때문이다.

그런 것을 안다고 그런 눈빛으로 봤으니, 대놓고 무시하는 것이 아니고 무언가?

'이 자식들이 나를 어떻게 보는 거야?

마존이 손을 풀고 있는 사이 곽정이 입을 열었다.

"어차피 우리는 상대의 눈을 현혹시키는 역할이군요."

쑤시다 보면 뭔가 나올 것이란 계산이었다.

더군다나 이미 한번 거하게 나오지 않았는가.

더 큰놈이 걸리지 않을 것이란 보장이 없는 것이다.

"그래도 가야 합니다."

청운자가 말을 하자 곽정이 그를 바라보았다.

"말씀하시지요, 곽 소협."

"이미 각 문파에 전서가 갔습니까?"

"…그렇습니다."

"하면 한동안 시끄럽겠군요."

곽정의 말에 모두가 고개를 끄덕였지만, 마존은 달랐다.

"왜 시끄러? 언 놈인지 알아냈냐?"

마존의 물음에 이번에는 일행 모두가 고개를 저었다.

쾅!

만만한 게 곽정이었다.

다른 놈들에게는 함부로 주먹을 쓸 수 없으니까.

탁자를 내려친 마존이 곽정의 멱살을 움켜쥐었다.

"뭐냐? 그 싸가지 범벅인 행동의 이유가 뭐냔 말이다!"

마존의 말에 모두가 찔끔한다.

"목이 아파서 풀었을 뿐입니다. 누군가에게 신나게 쥐어 터진 것이 아직 다 낫지 않았거든요."

훌륭한 핑계거리를 가지고 있었다.

스윽~

마존이 고개를 한 바퀴 돌리자 핑계가 없는 일행 모두가 그 시선을 외면한다.

"자, 잠시 목 좀… 케… 켁."

자신의 눈을 피하는 광경에 한 번 더 불끈한 마존이 손에 힘을 주자 곽정의 목을 조르는 상황이 되었다.

"흥!"

코웃음을 친 마존이 손을 놓고는 자리에 앉았다.

일행 모두가 가시방석에 앉은 얼굴이다.

"왜 시끄럽다는 거냐?"

"다른 게 아닙니다. 작금의 상황은 아주 심각한 상황입니다. 이런 상황에서 가장 먼저 챙겨야 하는 것이 정파입니다. 자칫 사파들과 충돌할 수도 있고, 다른 흉수가 있다면 그들과 싸워야 할지도 모르기 때문입니다."

"근데?"

"그러자면 일단 정파를 정비해야 합니다."

"왜?"

"목에 비수를 놓고 싸울 수는 없기 때문입니다. 그러자면 정파들은 일단 자파를 대대적으로 손봐야 합니다. 혹시라도 있을 만일을 대비해서요. 왜냐하면……."

말을 하던 곽정이 청운자 등을 바라보다가 입을 열었다.

"정파 내부에 첩자가 있을 수도 있고, 그들과 손을 잡은 이들이 있을 수도 있기 때문입니다. 자고로 중원을 흔들 정도의 사건에는 항상 그들과 연계된 이들이 정파 내부에 있어왔습니다. 그렇기 때문에 조심에 또 조심을 하는 마음으로 철저하게 조사를 하여야 하는 것입니다."

"근데?"

아직도 이해를 못하는 모양이다.

하나 걱정 없었다.

곽정은 친절한 스승이었으니까.

"그 조사를 하는 과정에서 무고한 이가 나올 수도 있고, 자파 내에서 충돌이 일어날 수도 있습니다. 아직 현실적으로 주적이 결정되지 않은 상황에서는 그 갈등이 더 심화될 수도 있지요."

곽정이 말을 마치고 마존을 바라봤지만 여전한 얼굴이다.

얼굴 가득 왜라는 물음이 가득하다.

"흠, 흠. 나머지는 방에 돌아가서 말씀드리겠습니다."

청운자등을 바라보던 곽정이 몸을 일으켰다.

그런 곽정을 쫓아가는 마존은 아직도 이해를 못하는 얼굴이다.

"휴우~ 그나저나 진짜 걱정이군요."

"그렇습니다. 맹주령으로 이미 각파에 전서가 갔을 터인데, 부디 빠르고 조용하게 마무리가 되기만을 바라야겠습니다."

"가장 우려되는 문파가 어디이지요?"

"일단 당가와 청성, 종남입니다."

"그곳들은 아직도 파벌이 심합니까?"

"네. 이번 일이 전해진다면 주도권을 잡기 위해 더욱 거세질 것입니다."

무림맹주령으로 소집되어진다면 필시 중차대한 일이고, 전쟁일 가능성이 컸다.

그 전쟁에서 각파의 이름을 날리는 것도 중요하지만, 자신들이 밀고 있는 이가 이름을 날리는 것도 중요하였다.

만일 전쟁에서 공이라도 세워 강호에 명성을 떨친다면 다음 패권을 쥐는 것에 이롭기 때문이다.

"그곳들 외에도 많은 곳이 현재 내부적으로 문제를 안고 있습니다. 심하면 피를 볼 곳도 있습니다."

강호의 평화가 오래된 것이 문제였다.

공허의 등장으로 인하여 정파의 성세가 이어지자 정파끼리, 그것이 아니라면 내부에서 기득권을 차지하기 위한 싸움을 벌이고 있는 실정이었다.

"당가와 청성, 종남이라… 그들 세 문파만으로도 미칠 파장이 크겠군요."

대문파에는 그들과 연계된 이들이 있었고, 그들은 결코 적은 숫자가 아니었다.

“사천이 시끄러울 것 같습니다.”

“그렇다고 하여도 일단 시일이 촉박하므로 크게 번지지는
않을 것입니다.”

“언제까지라고 하였지요?”

“다음 달 보름이니, 이제 꼭 한 달 남았습니다. 그 안에 형체
라도 잡아야 할 것입니다.”

“가능하겠습니까?”

“최대한 노력을 해야지요. 무량수불.”

말을 하는 청운자의 얼굴에 그늘이 진다.

第四章
꼭 내가 머리 좋을 필요는 없다

"이해하시겠습니까?"

"뭘?"

"제가 지금까지 말씀을 드렸지 않습니까!"

"어라? 소리치는 거냐? 그러다 한 대 치겠다? 쳐봐, 쳐봐. 참 나, 무식한 놈은 어디 서러워 살겠냐?"

마존이 곽정을 도발했지만 씨알도 안 먹혔다.

차분한 얼굴의 곽정이 자상하게 입을 열었다.

"이해하지 못하셨다면 다시 말씀을 드리겠습니다."

"대충은 이해가 가는데, 큰 적이 나타난 마당에 왜 지들끼리 먼저 싸우고 지랄이냔 말이다."

"정점에 서기 위해서지요."

“정점?”

“문파의 문주나 장문인이 되기 위해 그들도 나름대로 경쟁을 한단 말입니다. 그런 것이 오래 지속되면 어떻겠습니까? 그것도 한쪽에서만 계속해서 문주나 장문인이 나온다면? 사파같으면 우두머리가 되는 즉시 상대를 내칠 수도 있지만, 정파는 사람들의 눈이 있기에 노골적으로 그런 짓을 하지 못합니다. 결국 다음 대에서도 경쟁을 해야 하는 불상사가 벌어진다는 말이지요. 아까 제갈 대협께서 말씀하신 당가, 청성, 종남은 현재 장문이나 가주로 내정된 이가 기대에 못 미치고 있습니다. 그렇기 때문에 현재의 상황이 좋은 기회가 되는 것이지요.”

“기회?”

“네. 혹시라도 충돌이 일어나서 전쟁이 벌어진다면 그곳에서 명성을 떨칠 수 있으니 말입니다. 부족한 실력이라도 명성이 뒷받침된다면 문도들의 호응을 얻을 수 있습니다. 그 힘으로 수장의 자리에 오르는 것이지요.”

“그러다 뒈지면?”

“설마 죽게 내버려 두겠습니까? 아마도 이중 삼중으로 보호할 이들을 데리고 올 것입니다. 그것이 아니라면 자신을 지지하는 이들 중에서 가장 강한 이를 보내 명성을 떨치게 하겠지요. 나중에 그가 자신을 지지해 주면 같은 효과를 보니까요.”

“그럼 되겠구만.”

이제야 이해한다는 듯이 고개를 끄덕이는 마존.

그런 그를 바라보면서 곽정의 고개가 미미하게 흔들렸다.

다행히 마존이 그것을 못 봐서 그렇지 봤다면 꼬투리를 잡힐 일이었다.

"그것이 다가 아닙니다."

"뭐?"

"그쪽이 그렇게 나온다면 상대는 어떻겠습니까? 그들도 같은 수를 쓰려고 할 것입니다. 그렇게 되면 서로 자신들에게 속한 이들을 보내려 할 것이고, 파견하는 이들의 수장을 누구로 하느냐도 쟁점으로 떠오르게 됩니다. 보통은 인원을 이끄는 이들이 명성을 떨치는 것이 대부분이기 때문입니다. 그렇다고 문파를 비워두고 모두 나갈 수도 없으니 당연히 수는 제한되게 됩니다."

"참 피곤하게들 사는구나."

곽정의 말을 다 들은 마존이 혀를 찼다.

"그나저나 너는 이런 것을 어찌 다 아느냐?"

"삼 년여를 떠돌아다녔더니 이것저것 주워들은 것이 많은 것뿐입니다."

곽정의 말을 들은 마존이 침상에 눕더니 생각에 잠겼다.

'복잡하군, 복잡해. 무슨 놈의 세상이 이리 복잡하단 말이야.'

육십여 년을 살아왔지만 마존의 인생은 단순, 그 자체였다.

어린 시절에는 그나마 있는 자와 없는 자의 차이 같은 복잡한 것을 알게 되었지만, 대가리고 좀 크면서는 싸움의 연속이었다.

막으면 부수고, 비키면 지날 뿐이었다.

나이가 제법 들어서는 어떻게 하면 여자를 꼬일까? 하는 생
각뿐이었다.

'마의 놈이 고생하기는 했구나.'

왜 매일 화를 냈는지 알 것도 같았다.

"야, 이 빌어먹을 놈아! 들어오려면 인기척이라도 내던가!"

"또 성질머리 나온다. 겨우 서류 몇 장 흩어진 걸로 본색을 드
러내냐?"

"겨우? 서류 몇 장? 이게 뭔지나 알아? 우리 성의 한 달치 예산
이란 말이다! 간신히 셈을 다해가는데 흩으려 놓고는 서류 몇 장?"

"또 돈 얘기냐?"

"닥쳐! 그리고 상호는 왜 애들한테만 맡기는데?"

"알려줄 건 다 알려줬다. 나머진 애들하고 놀다 보면 자연스레
익히게 될 것이고."

"누가 무공 말하냐! 네가 좀 데리고 다니면서 세상 물정도 가르
치고 애한테 힘도 실어주고 해야 할 것 아냐!"

"진짜 내가 가르치리?"

"……"

"그리고 힘이야 니들이 옆에 붙어 있으면 되는 것 아니냐."

"그거하고 같은 줄 알아? 네가 옆에 있고 없고가 얼마나 큰 것
인지 모르냔 말이다!"

“몰라.”
“이런 썅! 오늘 너 죽고 나 죽자!”

그렇게 마의와 부딪친 것이 한두 번이 아니었다.
마존이 마의를 찾아갔을 때, 그는 언제나 서류 속에 파묻혀 있었고, 언제나 목청을 높였으며, 언제나 뭔가 알 수 없는 말들을 내뱉었다.
‘세월 참 빠르군.’
그렇게 소리소리 치면서 지내다 보니 어느새 육십이란 나이였다.
‘내가 도망친 것인가?’
그랬을 수도 있었다.
적이 있는 곳이라면 지옥의 불구덩이라도 뛰어들겠는데, 서류 더미로 성을 쌓은 곳은 덤벼들 엄두가 나지 않았다.
그렇기에 처음 마의가 한 아름 서류를 들고 왔을 때 보름간 잠적을 한 것인지도 몰랐다.
그 이후로 마의는 마존에게 서류를 건넨 적이 없었다.
‘흠, 고놈 쓸 만한데?’
마존에게는 마의가 있었지만, 유상호에게는 아무도 없었다.
워낙 마의가 뛰어난 이유도 있었지만, 유상호도 나름대로 바빴기 때문에 마의 같은 동료를 만들지 못했다.
그런데 곽정을 보자 마의가 떠오른 것이다.
‘똑똑한 놈인 것 같기는 한데…….’

가만히 곽정을 보던 마존이 신형을 일으켰다.

"어디 가십니까?"

"똥 싸러 간다."

방을 나서는 마존의 등을 바라보는 곽정.

'무슨 관계가 있을까? 아니면 내 착각이었을까?

마존이 철운영을 바라보는 눈길을 아직까지 마음에 담고 있는 그였다.

숙소가 있는 전각을 나선 마존이 주위를 둘러봤다.

그저 신녀문과 그 너머에 있는 산세를 보는 것 같았지만, 그것이 아니었다.

'이놈의 정체가 뭘까?

끈적끈적한 시선.

그 시선의 주인은 아직도 마존을 응시하고 있었다.

'아무래도 힘들겠어.'

부운장을 털러갔을 때는 일행을 보호해야 한다는 생각이 강했는지 쫓아오지 않았다.

하지만 이곳은 신녀문으로, 무림맹의 무사가 지천으로 널려 있다.

자신을 쫓아오지 말란 법은 없는 것이다.

시선 속에 담긴 쫀득쫀득함으로 봤을 때, 따돌리는 것이 쉽지 않아 보였다.

'어디 확인이나 해볼까?

특별히 지금 마존을 신경 쓰는 이들은 없었다.

그저 힐끔 쳐다보는 것이 전부였다.

정문을 나설 때도 제지하지 않았다.

그저 어디를 가냐는 형식적인 물음이 전부였다.

현재 마존은 세 가지 의미에서 껄끄러운 존재였다.

첫째는 남궁호를 이겼다는 것.

남궁호는 후기지수들 중에서도 주류에 속하는 이로서, 차세대 강호를 이끌어 나가는 이들 중 하나가 될 가능성이 큰 인물이었다.

그런 그를 무명의 마존이 이겨 버린 것이다.

둘째는 낭인이라고 평가받는 것.

이것이 명문정파의 무사들이나 무림맹 등의 확고한 자리를 가진 이들이 마존을 껄끄럽게 생각하는 주된 이유였다.

마존이 월문이라는 문파에 소속되어 있다고 밝혔으나, 이것을 알고 있는 이는 강호에서 일부분에 지나지 않았다.

그러니 대다수의 인물들은 마존을 낭인으로 치부하고 있었고, 명문정파 등의 무사들에게 외면받는 것과는 다르게 하수나 같은 낭인들에게는 우상으로까지 숭배당하고 있었다.

그것이 대머리가 늘어난 이유였고, 마존의 영향으로 강호가 더욱 빛난다는 우스갯소리까지 나오는 실정이었다.

셋째는 둘째와 연관이 되는데, 그런 낭인의 신분이면서 순식간에 진가장의 사위 자리를 차지했다는 것이다.

조만간 주류에 편입되어 목소리를 낼 준비가 끝났다는 의미였다.

여기에 신녀문에 있는 무사들만 알고 있는 한 가지가 더 있었으니, 바로 장하이의 의제라는 사실이었다.

장하이는 낯을 많이 가렸다.

그 더러운 성질이나 개방이라는 특수한 조건에도 불구하고 그는 여타 다른 사람들과 그리 친하지 않았다.

그래서 그가 성질을 드러내거나 개방 특유의 넉살을 부리는 때는 모두 그와 친한 이들이 있을 때뿐이었다.

그렇게 친분이 있는 이들이 적은 만큼 지인들에 대한 장하이의 반응은 대부분 심하다 싶을 정도로 적극적이었다.

아무튼 그의 배분이 그리 낮지 않아서 현재 신녀문에 와 있는 대부분의 무사들보다는 높았다.

그러니 비슷한 나이로 보이는 마존에게 존대를 해야 하는 입장이었다.

만일 마존을 어리다는 이유로 배분을 무시한 행동을 한다면 나중에 장하이가 가만히 있지 않을 것이다.

이런 것들이 맞물려 마존이 지나가는데도 섣불리 알은체하거나 하지 않은 것이었다.

신녀문을 나서서 산세를 휘휘 둘러보던 마존이 자신을 쫓는 시선을 뒤에 두고 산허리를 지났다.

이대로 가면 마존은 시선에서 완전히 벗어날 수 있었다.

그러나 시선이 같은 거리를 유지하며 다가오는 것이 느껴졌다.

‘죽여 버릴까?

생각은 굴뚝같았지만, 아니 될 말이었다.

분명 사대금강과 같이 나타난 인물이니 소림과 연이 있을 것이었고, 행동으로 봤을 때 낮은 무위는 아니니 소림에서의 위치도 상당할 것이다.

그런 인물이 자신을 따라다니다 실종이라도 된다면 어찌 감당을 하겠는가.

산세를 구경하며 걸음을 옮기던 마존이 가파른 절벽 끄트머리에 섰다.

차가운 바람이 마존의 전신을 싸늘하게 훑고 지나갔다.

“어라? 진짜 신호가 오네?”

아랫배를 살며시 만진 마존이 주위를 둘러보더니 절벽 끝자락에 자세를 잡고는 힘을 썼다.

‘크크크크, 당황하기는.’

청정한 옥화산을 오염시키는 마존의 행동에 감시자가 약간의 빈틈을 보였다.

그 빈틈으로 감시자의 현재 위치를 파악한 마존이었다.

물론 그곳을 향해서 고개를 돌린다거나 하는 어리석은 행동은 하지 않았다.

그러지 않아도 충분히 알 수 있었으니까.

‘서쪽 삼십여 장 부근이군.’

한번 파악한 감시자를 다시 놓칠 그가 아니었다.

감시자가 어디로 이동을 하든 간에 항상 마존의 공간 속에 놓일 것이다.

'얼굴이라도 한번 봐?'

그러고 싶은 생각은 있었지만, 생각은 생각일 뿐이었다.

현재 대외적으로 선보인 자신의 무위로는 감시자를 발견하지 못해야 했다.

그만큼 감시자는 은밀했고, 조심스러웠다.

"……!"

결과에 만족하면서 일어서려던 마존이 낭패한 얼굴이 되었다.

진짜 볼일을 보려고 나온 것이 아니라서 미처 준비를 해오지 않았던 것이다.

주위를 둘러봤지만, 암벽으로 이루어진 절벽에 딱히 마땅한 것이 있을 리가 없었다.

십여 장 떨어진 곳에 나무가 있었지만, 허공섭물을 이용해 나뭇잎을 따기에는 너무 멀었다.

물론 현재 실력에서 모자란다는 말이었다.

'한 이 장여만 되었어도 어찌해 보겠는데…….'

품을 뒤져 보았지만, 나오는 것은 전낭 하나뿐이었다.

'버려?'

마존은 돈에 대한 개념이 그다지 좋은 인물이 아니었다.

있어도 그만, 없어도 그만인 것이다.

하지만 지금 지켜보고 있는 인물 앞에서 당당하게 버릴 수는 없었다.

전낭 안에 든 것은 누런 금자와 은자였기 때문이다.

감시자의 의심을 살 수 있는 행동이었다.

"흠, 흠."

좀 모양새가 사나워도 깨끗하게 닦기로 했다.

쪼그린 자세 그대로 엉덩이를 드러낸 채 발발거리며 앞으로 뛴 것이다.

다시 한 번 감시자가 있는 곳에서 약간의 동요가 느껴졌다.

'겨우 이런 것에 심기가 흩뜨러지다니. 초본가?'

마존은 겨우라 말하지만, 보는 이의 입장에서는 황당하기 그지없는 모습이었다.

아무튼 다리 힘이 좋은지 십여 장을 쉬지도 않고 쪼그려서 이동한 마존이 나뭇잎들을 모아서 뒤처리를 하고는 몸을 일으켰다.

다시 신녀문을 향해 걸음을 옮기는 마존의 머릿속은 팽팽 돌아가고 있었다.

'무공은 높은데 의외의 상황에서는 대처가 미흡하군. 그렇다면 죽어라 무공만 익힌 놈이란 말인데……'

이것이 주입식 수련의 폐단이었다.

무공이 아무리 높아도 돌발 상황에서 냉철하게 대처하지 못하는 것이다.

한마디로 응용력이 떨어진다 할 수 있었다.

생각보다 쉽게 따돌릴 수 있을 것 같았다.

그런 생각을 하면서 정문을 들어서는데, 마침 소복을 입은 여인이 마존의 앞을 스치듯 지나갔다.

"어?"

어찌나 놀랐는지 입으로 말이 새어 나왔다.

바로 신여옥이었던 것이다.

마존이 놀라거나 말거나 신여옥은 본 체도 않고 안으로 걸음을 옮겼다.

'소복?'

멀어지는 신여옥의 뒷모습에서 눈을 떼지 못하는 마존을 보면서 정문 위사들이 눈살을 찌푸렸지만, 그런 것을 알 리 없는 마존이었다.

방에 돌아와서도 감시자를 따돌린다는 생각보다는 신여옥의 모습이 계속 떠올랐다.

'어째서 소복을 입고 있는 것이지?'

물론 자신에게 한 행동을 봐서는 마음이 있다고 생각했었다.

그러나 이 정도까지라고는 생각지 못했다.

누구도 알지 못하고, 누구도 뭐라 하지 않는데 소복을 입다니.

'젠장!'

부담스러웠다.

마존은 누군가에게 미움받는 것은 그다지 신경 쓰지 않지만, 누군가에게 친절을 받는 것은 꺼려했다.

오히려 원망의 말을 듣는 것이 마음이 더 편했다.

아들들을 만나서 어머니들이 자신을 저주하며 죽어갔다는 말을 들었을 때도 마음이 부담스럽지는 않았다.

그런데 지금 소복을 입은 신여옥의 모습을 보자마자 가슴이 탁 막힌 것 같았다.

"나갔다 오마."

곽정에게 말을 한 마존이 방을 나섰다.

그 심상찮은 분위기에 아무런 말도 하지 못한 곽정이었다.

괜히 건드렸다가는 진짜 골로 갈 것 같았기 때문이다.

전각을 나선 마존이 하늘을 바라보자 해가 서서히 서쪽으로 지친 몸을 뉘이고 있었다.

겨울이 코앞이었고, 산중이다 보니 해가 빨리 떨어지는 것이다.

정문을 나선 마존이 아까 볼일을 본 절벽으로 향했다.

여전히 시선은 그를 쫓고 있었다.

하지만 마존은 시선이 쫓거나 말거나 신경 쓰지 않았다.

휘이이이잉~

한결 사나워진 바람이 밑에서부터 절벽을 달려 마존의 앞을 지나쳐 갔다.

자신이 이상하다는 것을 알고 있었다.

모르는 것이 더 이상한 일이었다.

친절을 친절로 받아들이지 못하는 이 성격은 어찌할 수가 없었다.

그래서 지금 있는 부하들과도 처음에는 무척이나 삭막한 관계였다.

싸움에 임하면서 항상 앞에 달려가던 마존은 부하들을 보호하기 위함이었지만, 그들을 좋아해서 그런 것이 아니었다.

일종의 책임감이었다.

그러던 것이 자신을 보호하기 위해 몸을 희생하는 부하들을 보면서 누그러졌지만, 마음의 짐은 더욱 커져 갔다.

싸움이 계속되면 계속될수록 그렇게 죽거나 다치는 부하들이 많아졌고, 그럴수록 마존은 더욱 광포하게 날뛰었다.

그들이 주는 부담감을 이기지 못할 정도로!

백유향이 다쳤을 때, 그때 모든 것이 폭발했다.

마존이 사황성으로 향한 것은 그런 부담감에 될 대로 되라는 생각이었다.

죽으면 그것으로 끝일 테니까.

운이 좋았는지 사황성에 잠입할 수 있었고, 산더미 같은 약재를 모두 불태울 수 있었다.

그렇게 돌아온 곳에는 그를 걱정하는 부하들이 있었다.

그들이 걱정하고 마음을 써주면 써줄수록 마존은 그들로부터 멀어졌다.

만마성이 만들어지고, 안정되자 마존은 그들과 어울리지 않았다.

장로들이 술에 만취한 마존에게 쥐어 터져서 멀리한 이유도 있었지만, 마존에게도 책임은 있었다.

그런 그들을 마존은 진심으로 원망한 적은 없었다.

아니, 오히려 자신에게 신경을 쓰지 않는 그들을 환영했다.

그러면서도 한편으로는 서운한 감정을 느끼는 모순된 인간이 바로 마존이었다.

마존이 싸우는 모습이나 부하들을 대하는 모습을 본 이들은 마존이 냉정한 인물이라고 말하곤 했다.

하지만 그들은 모르는 다른 모습을 부하들은 보았다.

그래서 그의 곁에 모인 것이었다.

붉게 물든 석양이 온 산을 불태우고 있었다.

그 속에서 서 있는 마존은 한없이 진지했다.

그가 이렇게 진지할 때는 항상 혼자 있을 때였다.

누구의 앞에서도 이런 모습을 보여준 적은 없었다.

눈을 아래로 돌리자 오십여 장 정도 되는 절벽이 그의 시야에 들어왔다.

한 걸음만 앞으로 내딛으면 바로 추락이었다.

일반인 같으면 무서워서 오금이 저릴 정도였다.

그러나 마존은 망설임이 없었다.

마치 평지를 걷는 듯이 발을 앞으로 뻗었다.

결과는 당연히 추락으로 이어졌다.

순식간에 절벽에서 모습을 감추는 마존.

마존이 사라진 절벽으로 쏜살같이 다가오는 이가 있었다.

마존과 마찬가지로 대머리에 평범한 무복을 입은 이였는데, 굵은 눈썹과 커다란 눈이 아주 매력적인 이십대 중반의 남자였다.

"음!"

감시자가 침음을 흘렸다.

마존이 절벽 바로 아래에 튀어나온 돌을 잡고서 자신을 바라보고 있었던 것이다.

감시자가 나타날 때와 마찬가지의 빠른 속도로 튕기듯 뒤로 물러났다.

그 자리를 시퍼런 검기를 줄기줄기 내뿜는 검의 잔상이 어지러이 날렸다.

"누구냐?"

언제 올라왔는지 마존이 거대한 검면을 손으로 툭툭 치면서 물었다.

"……"

"말을 하지 않으면 끝장을 보겠다."

"나는… 적이 아니오."

"적이 아니다? 그런데 어째서 나를 감시하는 것이지?"

"감시하는 것이 아니라 보호하는 것이오."

"보호?"

"그렇소."

"나는 보호가 필요치 않은데?"

"화 대협은 위험에 노출되어 있소이다. 언제 습격을 당할지 모른다는 말이오."

"그렇다고 해도 보호는 필요없어."

"화 대협만의 문제가 아니오이다."

말을 하는 감시자의 눈은 이상하게도 마존보다는 마존이 들고 있는 검을 향하고 있었다.

"정체가 뭐지?"

"…소림에서 왔소이다."

"소림에서 왔다? 그렇게 말하면 나는 곧이곧대로 믿어야 하나?"

"내일 사대금강이 온다면 알게 될 일이었소이다."

마존이 수를 쓰지 않아도 내일 나타나려고 했다는 말이다.

"좋아."

말을 하고는 검을 집어넣는 마존.

그 모습을 본 감시자가 안도의 한숨을 내쉬었다.

"나는 지금 술을 마시러 갈 거다. 분명히 말하는데, 나는 보호가 필요치 않다. 그래도 나를 쫓아다니겠다면 왜 보호가 필요치 않은지 가르쳐 주겠다. 그 와중에 누가 죽는 사고가 발생한다고 해도 나한테는 책임이 없다."

"그럴 수 없소이다."

끝까지 쫓아다닐 거란 말이었다.

"왜?"

"그것은……."

말을 하려던 감시자가 주저했다.

아직은 마존에 대해서 완전히 파악이 끝나지 않았다는 것을 어찌 말해야 할지 몰랐기 때문이다.

그것을 말한다면 감시하고 있단 것도 말해야 하니까.

"마음대로 해. 나는 내 뜻을 정확히 말했으니까. 그래도 쫓아온다면……."

강한 살기가 마존에게서 감시자에게로 향했다.

"응?"

살기를 발한 마존이 오히려 황당한 얼굴이 되었다.

사람이 살기를, 그것도 격한 살기를 받으면 표정의 변화가 있게 마련이다.

살기란 인위적인 기 중에서도 수위를 다투는 불편한 기이기 때문이다.

더군다나 청정함을 자랑하는 소림에서 자랐다면 살기가 쏟아지는 순간에 미간이라도 찌푸려야 정상이었다.

그런데 감시자의 반응이 너무나도 의외였던 것이다.

마치 타지에서 떠돌다가 고향에라도 돌아온 평온한 표정이었던 것이다.

좀 심하게 말한다면 어머니의 품에 안긴 아기 같은 얼굴이었다.

눈이 커서 그런 생각이 들게 했는지도 모르겠다.

"너 뭐냐?"

"……."

살인을 밥 먹듯 해온 놈도 지금의 살기를 받고 저런 표정을 짓지는 못하리라.

마존의 물음에 답할 생각이 없는지 그대로 입을 다물고 있었다.

"훙!"

그런 감시자를 가만히 바라보던 마존이 아까와 마찬가지로 절벽에서 몸을 날렸다.

감시자는 몸을 움직이지 않았다.

잠시 뭔가를 생각하는 듯하던 감시자가 신형을 돌려 신녀문으로 향했다.

"휴~ 아미타불. 사부님, 저는 아직도 배워야 할 것이 많습니다."

신녀문으로 향하는 그의 얼굴에는 그리움이 가득 자리하고 있었다.

감시자의 정체는 소림의 인물이었고, 소림의 감춰진 힘인 소림마승이었다.

마승은 그 이름답게 소림의 무공을 익히고 있으면서도 전혀 다른 방향의 것을 얻은 이를 가리켰다.

그는 다른 소림승들과는 다르게 손속에 자비를 담지 않았다.

그가 품는 것은 살의이고, 그가 전개하는 것은 살수였다.

소림마승은 그 재능도 재능이지만, 굳건한 심지가 있어야만 그 지위를 이어갈 수 있는데, 살의를 키우면서도 그 심성은 살의에 정복되지 않아야 하기 때문이다.

만일 그렇지 않다면 살성을 하나 만드는 것에 지나지 않을 테니까.

　마승은 소림 장문의 명만 받을 정도로 소림에서 차지하는
비중이 높았는데, 근 이백여 년간 세속에 모습을 드러낸 적이
없었다.
　마지막으로 모습을 드러낸 것이 강시당의 혈마강시가 출현
했을 때였다.
　공허의 실종은 그만큼 큰일이었던 것이다.
　거기다 마승이 지금 나와야 할 이유도 있긴 했다.
　워낙에 재질을 따지는 바람에 후계자를 찾기 힘들었다.
　어린 나이에 무공의 고수도 통과하기 힘들다는 소림의 오욕
칠정관을 통과해야만 후계자의 위를 획득할 수 있었기에 쉽사
리 찾지 못한 것이다.
　그러다 보니 전대 마승의 나이가 너무 들어버린지라 채 모
든 것을 가르치기도 전에 몸져눕는 사태가 발생했다.
　그런 와중에 공허가 실종되었다.
　장문의 명을 받고 출도하는 마승을 바라보는 스승의 눈에는
한없는 자애로움이 깃들어 있었다.

　"이번에 내려가면 많은 것을 배울 수 있을 것이다. 보고 듣고
느끼거라. 내가 가르쳐 줄 수 없는 것을 만물이 너에게 가르쳐 줄
것이다. 떨어지는 낙엽과 흐르는 시냇물, 떠오르는 태양이 보여줄
수 없는 것들을 너는 보게 될 것이다."
　"그것이 무엇입니까?"
　"바로 인간이다."

"인간 말입니까?"

"그래. 너는 그들의 탐욕과 술수, 거짓과 기만을 볼 수 있을 것이다. 또한 인의와 온정, 희생과 자애로움도 볼 수 있을 것이다."

"사부님은 인간을 무어라 생각하십니까?"

"혼돈이지."

"혼돈……."

"너는 그 혼돈을 이해하고 너만의 가치관을 정립하여야 한다."

"지금까지 제가 배운 것은 무엇입니까?"

"이론이지. 이론은 그 자체로 생명을 발하는 무서운 괴물이다. 그 괴물에 잡아먹힌다면 독선적인 사람이 되기 쉽다. 그래서 반드시 경험이 뒤따라야 하는 것이다. 너 스스로는 많은 준비가 되었을 것이라 생각하겠지만, 인간은 그렇게 말 몇 마디로, 글자 몇 줄로 정의할 수 있는 존재가 아니다. 가거라. 가서 보고, 듣고, 느끼거라."

"다녀오겠습니다."

"진명아."

"네, 사부님."

"오늘로 너의 이름은 사라진다. 이제부터는 네가 마승이다."

"알겠습니다."

사부를 생각하던 마승의 눈가가 촉촉해진다.

'입적의 순간이라도 같이해 드렸어야 하건만…….'

쏜살같이 달리는 그의 입에서 같은 말이 계속 흘러나온다.

“내가 지옥에 가지 않으면 누가 가리오. 내가 지옥에 가지
않으면 누가 가리오…….”

지옥에 가기 위한 삶을 사는 마승.

아무튼 젊은 마승의 운도 그다지 좋지는 않은 것 같았다.

첫 강호행에서 마존을 만났으니.

＊　　　＊　　　＊

“뭐냐?”

“대치급으로 날아온 전서입니다.”

아침부터 유상호가 흥분해 있었다.

“뭔데… 어? 이건?”

전서를 받아 들던 마의도 얼굴이 굳었다.

전서의 한쪽 귀퉁이에 조잡하게 그려진 주먹 문양이 무엇을
말하는 것인지 알고 있기 때문이다.

“이놈은 어디서 싸돌아다니기에 찾아오지는 않고 이따위
전서나 보내고 난리야?”

그렇다.

그 문양은 마존의 독문 표식인 것이다.

이 표식을 알고 있는 이는 마의와 유상호, 둘뿐이었다.

그러니 어찌 흥분하지 않겠는가.

전서를 다 읽은 마의가 묘한 얼굴로 유상호에게 넘겼다.

전서를 다 읽은 유상호의 얼굴에도 묘한 표정이 떠올랐다.

“필체는 맞지?”

“네.”

“문양도 확실하지?”

“네.”

“음, 어찌 생각하냐?”

“글쎄요…….”

“너는 네 아비가 이렇게 논리정연하게 글을 쓸 수 있을 것이라고 보냐?”

“그때 똑똑하다고 하지 않으셨습니까?”

“흥!”

코웃음을 친 마의가 다시 전서를 꼼꼼하게 보기 시작했다.

“아무리 봐도 그놈의 글씨가 확실한데.”

“그렇지요?”

“그래. 누가 있어 일부러 이렇게까지 악필로 쓰겠느냐?”

“어떻게 할까요?”

“어떻게 하고 싶으냐?”

“가고 싶습니다.”

“만약에 잘못되면 만마성은 무너질지도 모른다.”

“아버님의 말씀대로라면 저에게 필요한 여행이 될 것입니다. 더 이상 발전하지 않는 제 무공에 대해서도 돌아볼 시간이 필요하고요.”

“지금 상황이 상황인지라 놈들도 바짝 신경이 곤두서 있을 것인데, 잘할 자신이 있느냐?”

마의의 물음에 유상호가 얼굴 가득 미소를 지으며 답했다.

"아버님도 걸리지 않았습니다. 제가 걸리겠습니까?"

"하긴……."

"그리고 그 곽정이란 인물도 만나보고 싶습니다. 마의님도 말씀하지 않으셨습니까? 저도 마의님과 같은 사람을 만나야 한다고 말입니다."

"그놈이 사람 하나는 잘 보지. 죽여야 될 놈과 살려야 될 놈을 알아보는 것은 뛰어나거든. 무공은 어떻게 하겠느냐?"

"쓸 만한 도끼 하나 들고 가지요. 뭐, 무식하게 휘두르면 되는 것 아니겠습니까?"

"몸에 밴 것은 쉬이 없어지지 않는 법이다."

"잡기 정도는 배워놨습니다. 그리고 사실 예전에 광혼부를 배운 적이 있습니다. 아버님이 가르쳐 주셨지요."

"알겠다."

마의의 입에서 허락의 말이 떨어지자 유상호가 살짝 미소를 머금었다.

"왜 웃냐?"

"너무도 쉽게 허락을 하시니 의외라서 그렇습니다."

"흥! 다른 놈도 아니고 네놈 아비 곁에 간다는데 걱정은 무슨. 그나저나 공허 땡중이 죽다니, 피바람이 몰아치겠구나."

"아직 확실한 것이 아니지 않습니까?"

"네놈 아비가 그렇게 써놨으니 확실할 것이다. 그놈이 주저려주저리 떠드는 것 같아도 쓸데없는 말은 안 하는 놈이니."

“그렇긴 하지요. 그나저나 마의님.”

“왜?”

“이 혈마강시라는 것은 뭡니까?”

“지독한 마물이라고만 알면 된다.”

“마물이라고요?”

“그래. 진짜 지독한 놈이지. 만일 그것들이 더 있다면 무림은 큰 위기에 봉착하게 될 것이다.”

“여차하면 그놈들에게 붙어야겠군요.”

“그것도 좋은 방법이긴 하지.”

아마도 그 방법은 힘들 것이다.

“어쩐지 정파 놈들이 어수선하더라니. 혹시나 해서 하는 말인데, 만일 혈마강시를 만나게 된다면 뒤도 돌아보지 말고 튀어라. 알겠냐?”

“아버님이 모두 파괴하셨다고 하지 않으셨습니까?”

“그놈은 혈마강시에 대해서 잘 모르는 놈이고. 아마 신의란 놈도 절대 믿지 않을걸?”

“대체 어느 정도이기에 그러십니까?”

“음, 쉽게 얘기해서 검강이 있다고 치자. 그 검강으로 백 번을 두들겼다고 치자. 남아날 것이 있을 것이라 생각하느냐?”

“예?”

“단 하나 있다면 그것이 바로 혈마강시다. 더구나 놈들은 잘려도 잘린 부위를 다시 붙일 수 있지. 어떠냐? 싸우고 싶으냐?”

마의의 말을 들은 유상호가 진저리를 쳤다.

"그런 것이 정녕 존재한단 말씀입니까?"

"우리 사문에서 내려온 말이니 정확할 것이다. 없는 말을 지어서 써놓지는 않았을 것이니까."

"허~ 그런 놈을 어떻게 잡았답니까?"

"환골탈태의 고수들이 협공을 하여서 잡았단다. 그 와중에 몇은 죽고. 아무튼 다시 한 번 당부하는데, 절대 혈마강시라 생각되는 것하고는 붙으면 안 된다. 알겠냐?"

"네."

"그럼 그건 그렇게 알고… 만나면 얘기할 생각이냐?"

"아직 죽고 싶은 마음은 없습니다."

"그렇지? 나도 마찬가지다."

"오 년 후라면 좀 누그러지지 않겠습니까?"

"너도 그렇게 생각하지? 그러니 그건 그대로 놔두자꾸나. 흥! 그래도 아비라고 자식을 챙기기는 하는구나."

"아버님이 모진 분은 아니지 않습니까?"

"아무튼 만나면 한두 대는 각오해야 할 것이다."

"그렇… 겠지요?"

"그놈 성질에 가만히 있겠느냐?"

"앞으로 어떻게 할 생각이십니까?"

"봉문이다. 다른 방법이 없잖느냐. 돌아가는 꼴을 보아하니 자칫하다가는 정사대전으로 치달을 것 같은데, 그런데 끼었다가는 기둥뿌리도 남아나지 않는 법이다. 그리고 다행스럽게도

싸움의 주 무대는 절강에서 멀리 떨어진 곳이 될 것 같으니, 이
기회에 내실이나 다져야겠다. 광마단의 예도 있으니 봉문을
한다고 하여도 함부로 나대는 놈은 없을 것이다.”

“내실이요?”

“그래. 왠지 모를 수상한 기운이 감돌고 있었는데, 그동안은
귀찮아서 가만히 있었거든.”

“괜찮으시겠습니까?”

“당연하지. 내가 누구냐? 그리고 여차하면 그놈을 불러들이
면 되니 오히려 안심이다. 그동안은 어디 처박혀 있는지 몰랐
는데, 네가 옆에 있다면 그런 걱정도 없지 않느냐.”

“정파의 중심으로 들어간다고 생각하니 좀 긴장이 되는 것
은 어쩔 수 없네요.”

“역용은 어떻게 할 생각이냐?”

“이렇게 하면 어떻겠습니까?”

말을 마치자마자 품에서 소도를 꺼낸 유상호가 머리를 밀어
버렸다.

“흠, 그래도 뭔가 부족한 것 같은데.”

“하긴, 강호엔 별 인간들이 다 있으니까요.”

“그래. 아무리 머리가 없다고 해도 네 용모파기를 알고 있는
이가 본다면 닮았다고 생각할 수도 있을 것이다. 잠깐만 기다
려라.”

말을 마친 마의가 방을 나서더니 작은 자기병 여러 개를 가
지고 왔다.

"어설픈 역용을 해봤자 들키기 십상이니, 내가 손수 해주마."

마의가 약품으로 유상호의 얼굴을 몇 번 만지작거리자 그곳에 왼쪽 이마에서 오른쪽 턱으로 가로지르는 흉터가 떡하니 생겨났다.

다시 손을 보자 반대편에도 같은 형상의 흉터가 생겼다.

방금 전까지도 잘생긴 미남형이었건만 그 흉터로 인해서 약간은 어둡고, 험상궂은 얼굴이 되었다.

거기다 몸도 호리호리해서 날카롭게 보였다.

그리고 눈두덩이를 만지자 불룩 솟아올랐는데, 덕분에 눈이 더욱 어두워져서 음침한 인상이 되었다.

"자, 어떠냐?"

"굉장한데요?"

"그렇지? 역용을 한답시고 덕지덕지 바르는 놈들은 이해가 가지 않는다니까? 역용이란 특징이 없는 얼굴에 특징을 만들고, 특징이 넘치는 얼굴은 평범하게 만드는 것이 제일이지."

유상호의 말마따나 진짜 굉장했다.

별 특징 없이 미남자의 얼굴이던 유상호가 전혀 딴사람이 되었던 것이다.

"이 약품은 내가 만든 것으로 내가 지우기 전에는 절대 안 지워지고, 사라지지 않으니 안심해도 좋을 것이다."

"부작용은 없나요?"

"응? 부작용?"

“네.”

“흐음, 좀 사소한 부작용이 있기는 하지.”

“어떤 것입니까?”

“젊은 놈이 뭘 그리 꼬치꼬치 캐묻는 것이냐. 사소하다면 사소한 줄 알지. 정 알고 싶으면 네놈 아비를 만나거든 물어보거라.”

“알겠습니다. 그나저나 아버님인지 몰라보겠는데요?”

“그렇지?”

두 사람이 바라보는 전서의 귀퉁이에 마존의 얼굴이 간략하게 그려져 있었다.

거의 보일락 말락 한 눈은 선해 보였는데, 그 하나로 완전히 다른 사람이 되어 있었다.

“긴장된다고 하더니 태평한 얼굴이구나.”

“네?”

“호랑이 굴로 들어가는 놈치고는 너무 긴장감이 없다는 말이다.”

“이무기가 겨우 호랑이에게 겁을 먹겠습니까? 더군다나 용이 보호자로 있는데 말입니다. 그리고 아버님의 말씀에 의하면, 놈들의 정체나 본거지가 밝혀진 것도 아니지 않습니까? 별일없을 것입니다.”

“떼로 덤비면 용도 까마귀에게 상처를 입을 수 있는 법이다.”

“보통 용이라면 그렇겠지요.”

“그렇긴 하지만.”

마의가 평가 내린 마존은 중원의 수위를 다투는 이였다.

만일 공허가 진짜 무슨 일을 당했다면 마존을 상대할 수 있는 이는 중원에서 셋을 넘기지 못할 것이다.

하나는 소림 방장이요, 둘은 무당 장문, 그리고 마지막으로 당문의 태상 가주를 꼽을 수 있었다.

현 무림에서 윗대가리에 든다는 이들이었다.

마의의 평가에 의하면, 마존은 그냥 싸우면 당문의 태상 가주요, 힘 좀 쓰면 무당 장문이었고, 무리를 한다면 소림 방장이었다.

누구보다 마존을 잘 아는 그였고, 중원의 정보에 민감한 그였기에 냉정하게 내린 평가였다.

그렇기에 유상호를 보내면서도 특별한 걱정을 하지 않는 것이다.

"그건 그렇다 치고, 이 자식은 어째서 내 이름을 도용한 것인데?"

"그거야 마의님 성함이 멋있어서 그런 것 아니겠습니까?"

가만 보면 유상호도 상당히 아부에 소질이 있었다.

"그래, 너는 이름을 무어라 할 것이냐?"

"무림이라 할 생각입니다."

"무림?"

"네. 나중에 아들놈을 얻으면 줄 이름입니다."

"그것도 좋은 이름이구나. 도모할 생각은 있느냐?"

마의의 은근한 물음에 유상호가 고개를 저었다.

“저는 그렇게 무모한 놈이 아닙니다. 하지만 욕심은 있습니다.”

자신이 아니라면 후대의 누군가가 그렇게 하기를 바라는 마음에 무림이라 지은 것이리라.

“언제 갈 생각이냐?”

“당장 가야 하지 않겠습니까?”

“그래라.”

“부디 조심하십시오.”

그날 유상호가 폐관에 들었고, 만마성은 봉문에 들었다.

봉문 기간은 유상호가 폐관을 마치고 나오는 날까지니 기약 없는 봉문이었다.

그렇다고 완전히 만마성이 문을 걸어 잠근 것이 아니었고, 외부로 보낸 인원을 불러들여 성을 지키는 수준이었다.

한마디로 반봉문이라는 말이었다.

第五章
이무기와 이무기의 만남

魔考
마존유랑기
涉浪記

　혈문의 총단을 찾아가는 마존 일행의 규모는 작았지만, 그 화려함은 어지간한 문파는 눌러 버릴 정도였다.

　사대금강과 청운자, 장하이, 제갈현만으로도 이미 충분했지만, 거기에 마승이 더해진 것이다.

　물론 대외적으로 마승의 존재는 아직 밝혀지지 않았지만, 일행의 마음에 충분한 자신감을 주었다.

　사대금강이 소림을 대표한다면 마승은 소림의 숨겨진 힘이었다.

　아직 젊고 그 무위가 어찌 되는지 알 수는 없었지만, 그의 존재 자체가, 그의 이름 자체가 이미 일행의 발걸음을 가볍게 하고 있었다.

가벼운 이유는 충돌을 염려하지 않아도 된다는 것이었다.

이미 무림맹의 이름으로 중원 전역에 공허의 실종과 혈마강시의 출현이 전해졌으므로 혈문도 함부로 경거망동하지 못할 것이다.

"어수선하군요."

요기를 위해서 객점에 들른 마존 일행을 바라보는 이들의 눈에는 존경심과 호기심, 그리고 불안의 그림자가 깃들어 있었다.

그런 그들이 눈을 돌리고 애기하는 것은 역시나 공허의 실종과 혈마강시에 대해서였다.

웃긴 것은 이미 사라지고 없는 공허가 닥쳐올 위험인 혈마강시보다 더욱 입에 자주 오르내린다는 것이었다.

"별관을 빌렸습니다. 이쪽으로 오시지요."

제갈현이 일행을 이끌고 객점의 뒤편으로 갔는데, 이들을 주시하는 시선들 때문에 일어날 수 있는 귀찮은 일을 피하고자 함이었다.

식사를 마치고 차를 마시며 앞으로의 일정을 의논하는 과정에서 마존은 의아함을 느낄 수밖에 없었다.

"신나게 서두르더니, 오늘 여기서 묵는다고요?"

"예, 화 대협."

"어째서요?"

"지금 우리는 압박과 동시에 타초경사의 계를 같이하고 있기 때문입니다."

"……."

워낙 가느다란 눈이라 눈동자가 보이지 않았지만, 만일 보인다면 흐리멍텅하리라.

'이것들이 무슨 소리를 하는 거야?

마존이 미련하지는 않지만, 그렇다고 똑똑하지도 않았다.

그는 순간 기지와 위기 대처 능력이 뛰어났다.

그리고 잔머리가 타의 추종을 불허할 정도로 좋은 인물이었다.

그러나 대국적인 계획과 주위를 이용하여 조금씩 상대를 압박해 나가는 것에는 많이 부족한 편이었다.

이것만은 나이를 먹는다고 하여 자연스레 가질 수 있는 것이 아니었다.

성격 자체가 그러했고, 행동 방식이 저돌적이었기 때문이다.

이런 마존에 대해서 자세히 알지는 못하지만, 제갈현의 말을 듣고 가만히 있는 마존이 이해했다고 생각하는 이는 방 안에 한 명도 없었다.

"우리 말고 움직이는 이들이 더 많다는 말입니다."

"응?"

곽정이 입을 열자 마존이 그를 바라보았다.

"제 생각으로는 우리가 혈문을 찾아가는 동안, 공허 대사의 흔적이 발견된 곳에는 더 많은 이들이 투입되었을 것입니다. 겉으로는 사대금강분들이 떠나면서 그곳에 대한 관심이 줄어든 것처럼 보이겠지만, 오히려 정파의 모든 역량은 그곳에 투입되는 것이지요. 맞습니까?"

마지막으로 제갈현을 향해 물음을 던졌다.

"어느 정도는 곽 소협의 말씀이 맞다고 할 수 있습니다."

"어느 정도라… 혹시 다른 방향에서 접근을 시도하고 있는 것입니까?"

곽정의 말에 방안에 있던 이들의 고개가 동시에 끄덕여졌다.

물론 마존도 고개를 끄덕였다.

"이해하시겠습니까?"

제갈현의 물음에 당연하다는 듯이 고개를 끄덕이는 마존.

"그러니까, 우리가 놈들의 시선을 잡는 동안 다른 쪽에서 다른 방향으로 놈들을 찾고 있다는 것이 아닙니까?"

참으로 묘한 말이었다.

일견 이해한 듯 보이는 말이었지만, 따져 보면 곽정의 말을 그대로 옮긴 것이었으니까.

"맞습니다."

"그런데 이렇게 있어도 되는 것입니까? 조금이라도 빨리 혈문에 가는 것이 좋지 않나요?"

"흐음……."

청운자의 입에서 침음이 새어 나온다.

"화 대협은 어째서 우리가 빨리 혈문에 가야 한다는 것입니까?"

“기왕 시선을 끌려면 확실한 것이 좋지 않습니까? 여차하면 혈문에서 치고받아도 되겠지요. 그러면 그놈들이나 강호 전체의 시선도 끌 수 있으니까요.”

아주 대단한 말을 했다는 듯한 얼굴이다.

“물론 그런 방법도 있습니다만, 문제는 우리가 혈마강시와 혈문 사이의 연관점을 찾지 못했다는 데 있습니다.”

“그러니까 가서 따져 봐야지요.”

“아는 것이 없는데 어떻게 따진다는 말씀이신지…….”

“모르니까 따지지, 안다면 왜 따지겠습니까? 그냥 두들겨 패고 말지. 참으로 이상한 말을 하시네요?”

마존이 왜 당연한 말을 묻느냐는 듯이 말을 하자 제갈현의 입이 다물어졌다.

 ‘짜식, 할 말 없지?

마존은 자신의 말에 반박을 하지 못해서 입을 다문 것이라 여겼다.

누가 그랬던가, 무식하면 속 편하다고.

마존이 주욱 훑어보자 제갈현뿐만이 아니라 나머지 모두의 입도 다물어져 있었다.

“주인님.”

“응?”

“잠시 저하고 나가시지요.”

“왜?”

“드릴 말씀이 있습니다.”

"여기서 해."

"여기서는 좀……."

"그럼 전음으로 하던가. 무공을 배웠으면 써먹어야지. 머리는 장신구냐?"

"흐흠, 흠, 흠."

"켁! 콜록, 콜록, 켁, 켁."

마존의 말을 들은 제갈현과 청운자는 헛기침을 했고, 철운영은 마시던 찻물이 목에 걸렸는지 기침을 했다.

사대금강과 마승은 여전히 침묵을 지키면서 한마디도 하지 않았다.

아무리 눈치없는 마존이라고 해도 지금 분위기가 이상하다는 것은 알 수 있었다.

그렇게 곽정이 마존을 데리고 나가자 청운자가 입을 열었다.

"어떻게 하시는 것이 좋겠습니까?"

"화 대협은 우리에게 중요한 인물입니다."

제갈현의 말에 사대금강이 동시에 고개를 끄덕였다.

"그 점은 저희도 인정합니다. 하지만 저렇듯 꽉 막혀 있다면 계획에 차질이 있을 수 있습니다. 빠르게 전개될 일에 우리의 의도와 다르게 움직인다면 희생이 생길 수도 있습니다."

"아직 구체적인 것이 나온 것도 아니지 않습니까?"

"그럼 그 검이라도……."

"아니 될 말입니다. 그 검은 그의 것입니다."

"대의를 위한 것 아니겠습니까?"

사대금강을 이끌고 있는 현정의 말에 제갈현도 입을 다물 수밖에 없었다.

대의!

그것은 정파의 오랜 입버릇이자, 전가의 보도였다.

그 말 하나 때문에 죽은 이들은 셀 수 없이 많았다.

그중에는 억울하게 죽은 이도 있었고, 스스로 목숨을 바친 이들도 있었다.

"저기……."

마승이 침묵을 깨고 입을 열자 모두의 시선이 집중되었다.

"그 검이 그렇게 특별한 것인지는 제쳐 두고서라도 그가 검을 순순히 줄 인물입니까?"

다시 침묵이 감돌았다.

그렇다.

마존의 행태를 옆에서 봐온 이들이 바로 자신들 아니었던가.

결론은 아니다였다.

"설득을 하면……."

"누가 설득하시겠습니까?"

청운자의 말에 일제히 장하이를 바라보는 시선들.

"전 자신없습니다."

대의를 위한다지만 한마디로 날강도나 다름없는 짓이 아니던가.

일행에서 제외시키면서 병기만 빌려달라니.

"그리고 화 제는 그리 어리석은 인물이 아닙니다. 그러니 같이 가는 것이 좋을 것입니다."

"근본을 알 수 없다는 것이 더욱 큰 문제이지요."

현정의 말에 장하이가 탁자를 내려쳤다.

쾅!

"강호를 떠도는 이들 중에서 근본을 알 수 있는 이들이 몇이나 되겠습니까? 아우가 믿지 못 할 사람이라면 그를 아우로 맞은 나 또한 믿지 못하겠군요!"

장하이는 사람을 쉽게 받아들이지 않지만, 한번 받아들인 이는 끔찍이 위했다.

여기서 그런 그의 성격이 나온 것이다.

"그런 뜻이 아니지 않습니까?"

현정이 달래려고 했지만 이미 물은 엎질러졌다.

"그는 우리를 구한 인물입니다. 물론 그것이 앞날을 바라보며 포석을 둔 것일 수도 있지만, 전 그렇게 생각하지 않습니다!"

누구도 그렇게 생각하지 않았다.

"솔직히 적도들도 우리가 미끼라는 것을 알 수 있을 것입니다. 현 상황에서 미끼인 우리와 같이 다니는 것이 어떤 이득이겠습니까?"

"이득이 있기는 있습니다."

제갈현의 말에 장하이의 부릅뜬 눈이 그에게로 향했다.

"일단 화 대협은 우리와 친분을 쌓았습니다. 그것만으로도 엄청난 이득을 본 것입니다. 그리고 나중에 혹시라도 적도들이 파악되어 조직을 구성할 때, 화 대협은 그 조직의 핵심 인물이 될 가능성이 있습니다. 물론 실력도 있지만, 우리와의 친분도 작용을 할 것입니다."

"……."

"화 대협이 지금까지 어떤 모습을 보여주었다고 해도 신중을 기하자는 것입니다."

아직까지도 제갈현은 의심을 풀지 않는 모습을 보여주고 있었지만, 그의 내심까지 그럴지는 미지수였다.

하지만 제갈현은 이런 모습을 보여줄 수밖에 없었다.

제일 처음 마존을 일행에 이끈 것이 바로 그였기 때문이다.

그런 것에서 보자면 지금 제갈현은 일부러 마존과 거리를 두려고 하는 것 같았다.

'조심해서 나쁠 것은 없다. 화 대협에게는 미안하지만 세가가 우선이다.'

아무리 은인이라고 해도 만에 하나라는 가능성도 염두에 두어야 했다.

그렇게 따지면, 장하이의 지금 행동은 훗날 문제가 될 가능성이 있었다.

그럴 리는 없겠지만, 마존의 신원이 밝혀진다거나 적도들과 연관성이 있다는 결론이라도 난다면 말이다.

"자, 자. 진정들 하시지요. 화 대협에 관해서는 나중에 다시

의논을 하기로 하겠습니다. 일단 같이 가는 것으로 하지요. 이의있으신 분?"

현정이 주위를 둘러보며 말했다.

잠잠하다.

"얼마나 진행되었습니까?"

청운자의 말에 현정이 사대금강의 막내인 현진을 바라보았다.

"제가 말씀을 드리겠습니다. 현재 중원전장과 각 문파의 지인들을 상대로 약초의 흐름을 파악하고 있습니다. 그 결과 상당한 소득을 얻고 있습니다."

신의는 혈마강시라는 말이 나오자마자 약초의 흐름을 조사하란 말을 하였다.

강시 제조는 많은 약초를 필요로 하기 때문이었다.

거기다 강시당이 소란을 피울 당시 급작스럽게 소진된 약초의 목록을 가지고 있었기에 일은 일사천리로 진행되었다.

"많이 좁혀졌습니까?"

"아직 무어라 말씀을 드리기는 어렵지만, 실마리가 될 만한 곳이 있습니다."

"오오! 다행입니다."

현진이 말한 실마리는 다른 것이 아니었다.

바로 은가장의 잠적과 풍운표국의 멸문이었다.

풍운표국이 의문의 인물들에게 참사를 당한 이유가 약초 때문이라는 말이 있었기 때문이다. 그리고 은가장에서 많은 약초를 구입했다는 정황 증거가 발견되었다.

이미 많은 수의 의심이 가는 장원이나 인물들을 파악하기는 했지만, 그들은 모두 은가장과 마찬가지로 잠적한 상태였다.

그 와중에 단서가 남은 곳은 바로 은가장뿐이었다.

다른 곳은 흔적도 없이 사라졌지만, 은가장은 풍운표국의 멸문이란 단서를 남겨놓은 것이다.

예전 마존이 했던 생각없는 행동이 작금에 와서는 정파에 중요한 단서를 제공하고 있었다.

그것을 파고들다 보면 약초 말고도 납치라든지 사황성이라든지 하는 말이 나올지도 몰랐다.

능운상도 약초의 흐름을 조사할 것이란 예상을 했겠지만, 단 한 곳에 일어난 실수 때문에, 아니, 재앙 때문에 꼬리가 밟힐 지경에 처한 것이다.

사건은 능운상의 예상보다 훨씬 빠르게 결말을 향해 치닫고 있는 중이었다.

"만마성은 어떻게 된 것입니까?"

"그것에 관해서도 현재 정보를 모으고 있는 중입니다. 대외적으로 성주가 폐관에 들어서 봉문을 한다는데, 완전한 봉문은 아닌 것 같습니다. 하지만 중원에 나와 있던 만마성의 인물들이 빠르게 복귀하고 있는 것만은 틀림없는 사실입니다."

"이 일과 연관이 있을까요?"

"모르겠습니다. 하지만 신중하게 접근을 해야 합니다."

"제갈 대협께서는 어떻게 보십니까?"

"전 아니라고 봅니다. 이렇게 어수선한 가운데 눈에 띄게 행동할 만큼 마의가 어리석지 않을 테니까요."

"그건 그렇습니다. 아무튼 성주와 마의가 반목했다는 것은 근거없는 말인 것 같습니다. 그렇다면 이렇게 갓 성주가 되자마자 자리를 비우지는 않을 테니까요."

"혹시……."

"말씀하시지요, 철 소협."

"마의가 반란을 일으킨 것은 아닐까요?"

"그것도 염두에 두고 있습니다. 만일 진짜 팽을 당한 것이라면 가만히 있을 마의와 장로들이 아니니까요. 그러나 지금 알 수 있는 것은 없습니다."

"하긴, 워낙 정보가 차단된 곳이 바로 만마성이니……."

"절강이 시끄럽진 않습니까?"

"조용합니다. 일전에 광마단의 경우도 있고, 마의가 두 눈을 시퍼렇게 뜨고 있는데 누가 감히 설치겠습니까? 어차피 만마성은 성주가 움직였던 곳이 아니니까요."

"궁금한 것이 있습니다."

"말씀하시지요, 장 대협."

"제가 느끼기엔 이 일의 배후에 만마성을 놓는 것을 제외하고 움직이는 것 같은데, 아닙니까?"

장하이의 질문을 받은 현정이 잠시 미간을 손으로 쓰다듬었다.

"어떻게 보면 가장 가능성이 높은 곳이 그곳인데 말입니다.

마의의 의술이야 이미 정평이 나 있고, 만마성은 재력과 인재 또한 풍부합니다. 충분히 가능성이 있다고 생각하는데, 어찌 만마성을 제외하는지 알고 싶습니다.”

“어째서 그런 생각을 하셨는지…….”

“명색이 개방입니다. 애들을 풀어서 알아보니 절강 쪽에는 거의 신경을 쓰지 않는다고 하더군요. 무슨 까닭이라도 있는 겁니까?”

“흠, 흠. 그 일에 관해서는 저도 정확하게 말씀을 드릴 수 없습니다. 다만 신의께서 그렇게 하자고 하셨기 때문입니다.”

“신의께서요?”

“예.”

신의의 이름이 거론되자 좌중은 그것을 놓고 생각하기 바빴다.

“이전부터 궁금한 것이었는데, 신의님과 마의가 뭔가 연이 있으신 것입니까?”

같은 의원으로서 교류가 있을 수도 있었다.

하지만 한쪽은 마도의 종주격인 만마성의 이인자였고, 한쪽은 정파의 명망 높은 원로였다.

어떻게 포장을 한다고 하여도 좋은 소리는 나오기 힘든 것이다.

그것도 마의는 손해 볼 것이 없었지만, 신의의 명성에는 큰 누가 될 것이었다.

“그것도 말씀을 드리기 힘듭니다. 저도 아는 것이 없기 때문입니다. 아무쪼록 이것은 비밀로 해주시면 감사하겠습니다.”

“알겠습니다.”

궁금증이 일었지만, 참을 수밖에 없었다.

과연 신의와 마의는 어떤 관계이기에 혈마강시와 관련이 없다고 장담을 하였을까?

*   *   *

“주인님.”

“왜?”

마존을 데리고 숙소로 돌아온 곽정이 진지한 표정으로 입을 열었다.

“혹시 침묵은 금이란 말을 들어본 적 있으십니까?”

순간적으로 마존의 주먹이 곽정의 얼굴 앞에서 멈췄다.

뒤늦게 반응을 하여 얼굴을 뒤로 물리긴 하였지만, 주먹에서 발해진 바람에 머리가 휘날리는 것은 어쩔 수 없었다.

‘이놈, 보면 볼수록 마의와 똑같네.’

침묵은 금이다!

마의가 마존을 볼 때마다 입에 달고 다니던 말이었다.

그리고 항상 뒤에 따라다니는 말도 있었다.

“무식하면 용감하다고, 되는 대로 뱉으면 어쩌자는 거야! 가만히 있으면 미련하다는 소리나 듣지 않지. 너 무식하다고 동네방네

떠들 일 있냐? 제발 입 좀 닥쳐!"

　그러나 그 노력은 허사로 돌아갔고, 초기에는 만마성의 성주가 무식하다는 소문이 퍼졌다.
　그것을 단순하다고 바꾸는 데만 장장 일 년여의 작업 기간이 필요했다.
　"쓸데없는 말 하지 말고, 왜 지금 가면 안 되는지만 말을 해."
　마존이 뻗은 주먹의 충격에서 벗어나지 못하고 있던 곽정이 정신을 가다듬었다.
　'빠르다! 아니, 빠르다는 말로는 설명 못할 날카로움이 그곳에 깃들어 있었다. 내가 생각했던 것보다 최소한 한 단계는 위다.'
　한 수였지만, 그 흉포한 이빨을 충분히 알 수 있었다.
　"꿀꺽."
　새삼 마존의 무위가 놀라웠다.
　'나와 별반 나이 차이가 나지 않는 것 같은데, 어찌 이런 경지에 올랐을까?'
　딱!
　"크윽!"
　"이 자식이, 말하라니까 왜 사람 빤히 쳐다보고 지랄이야?"
　정신을 가다듬은 것까지는 좋았는데 혼자 생각하는 시간이 좀 길었다.

　머리를 감싸고 있던 곽정이 마존의 손이 다시 올라가자 서둘러 입을 열었다.

　"지금 우리가 가면 안 되는 이유는 두 가지 정도 있습니다. 첫째가 더 중요한 이유인데, 아직 혈문을 핍박할 명확한 증거가 없다는 것입니다. 그리고 두 번째로는 시간을 벌어야 한다는 것입니다."

　"시간을 벌어? 언제는 시간이 없다며?"

　"없으니 벌어야 하지 않겠습니까?"

　곽정의 말을 들은 마존이 잠깐 천장을 바라보았다.

　빡!

　"큭!"

　"이게 어디서 말장난하고 있어?"

　"주인님은 되고, 어째서 전 안 된다는 말씀입니까?"

　"뭐가?"

　"말장난이요!"

　"내가 언제?"

　"예? 그럼 그게 진심으로 하신 말씀이란 말입니까?"

　"뭘?"

　"……."

　말이 통하지 않았다.

　"휴우~ 그냥 말씀을 드리겠습니다. 우리가 시선을 모으는 동안 다른 방향으로 접근을 시도하고 있을 것입니다. 우리가 알지 못한 무언가를 찾아서 그쪽을 조사하는지도 모르지요.

제 생각으로는 약초를 추적하지 않을까 합니다. 강시는 조제물이고 약초가 많이 필요하다는 것은 역사적으로도 드러난 사실이니까요. 아무튼 그런 것들을 할 시간이 필요하다는 것입니다. 미완성이지만 혈마강시가 모습을 드러낸 지금, 우리에게는 대처할 시간이 필요하면서도 혈마강시가 완성되기 전에 그들을 찾아내야 하니 시간이 없다는 말입니다."

약초라는 말에 뭔가 떠오른 마존이지만 말을 하지는 않았다.

"혈마강시가 더 있을까?"

"있겠지요. 당연한 것 아닙니까?"

"당연하다고?"

"네. 제가 들은 바로는 그때 주인님을 습격한 것은 일종의 연막입니다. 그들도 시간이 필요하다는 것이겠지요."

"그걸 어떻게 알아?"

"아는 것이 아니라 짐작입니다. 무림맹에서도 그렇게 생각하고 움직일 것입니다. 왜냐하면 그것이 최악의 가정이니까요. 어떤 일을 함에 있어서 최악의 가정을 놓고 대비를 한다면 최선의 결과를 얻을 수 있습니다."

"놈들도 그것을 알 텐데?"

"물론 알고 있겠지요. 그들도 그런 무리수를 두고 싶지 않았을 것입니다. 하지만, 뭔가가 그들을 그렇게 내몰았겠지요."

"뭐가?"

"제가 생각하기에는 아마도 공허 대사의 죽음과 신녀문에

서 발견되었다던 음마화의 존재 때문이 아닌가 싶습니다. 공
교롭게도 음마화가 발견된 당시에 신의께서 이곳에 계셨다는
것을 알았을 테니까요."

"놈들이 시간을 벌려고 했다면 가만히 있는 것이 더 낫지 않
았을까?"

"아마도 생각을 잘못한 것 같습니다."

"생각을 잘못하다니?"

"보통 무림맹을 움직이려면 많은 시일이 걸립니다. 지금처
럼 적이 불분명할 때는 더욱 그렇지요. 거기다 혈마강시라는
마물을 전면에 등장시키면 설왕설래하면서 잡아먹을 시간은
더욱 늘어나게 됩니다."

"그래?"

"예. 그런데 여기서 소림이 의외의 행동을 한 것입니다."

"의외의 행동?"

"네. 완전히 독단적으로 움직인 것이지요. 타 문파에 대해
서도 협조를 요청하는 수준이 아니라 거의 통보 수준으로 막
나갔지요. 이전의 소림에서 보여주던 것과는 완전히 다른 모
습입니다."

"흠……."

"현 소림 방장인 지공 대사의 성격과 소림에서 차지하는 공
허 대사의 비중을 오판한 결과입니다. 그 결과 지금 무림은
거의 소림의 확대판이라고 할 만큼 빠르고 조직적으로 움직
이고 있습니다. 소림의 한마디에 무림이 우르르 움직이는 것

이지요."

"그러니까 네 말은, 예전처럼 정파의 대가리들이 모여서 네가 잘났네, 내가 잘났네 하면서 자파의 이득과 손실을 재면서 싸워야 하는데, 그 과정이 빠졌다는 말이지?"

"그렇습니다. 하지만, 이것도 어디까지나 제 추측입니다."

"그런 추측은 어떻게 한 것이냐?"

"아까 회의할 때 보셨지 않습니까?"

"뭘 봐?"

"지금 우리 일행을 보자면 소림과 개방, 무당, 제갈세가가 같이 있습니다. 이런 상황에서 평소 같으면 어떻게 움직이겠습니까? 정보는 개방에서 얻고, 계획은 제갈세가가 세웠을 것입니다. 아닙니까?"

"보통은 그렇겠지."

"하지만 아까는 달랐습니다. 모든 것을 소림에서 결정을 했고, 정보도 소림을 통해서 나왔습니다. 오히려 개방의 장 대협이 아는 것이 더 적을 정도로 말입니다. 이 말은 이미 소림이 개방을 움직이고 있다는 소리입니다. 얻어진 정보가 개방 내로 흘러들어 가는 것이 아니라 바로 소림으로 간다는 것이지요. 또한 제갈 대협도 의견을 제시하고는 있지만, 소림이 말한 것에 사족을 붙이는 수준입니다. 이런 것들로 그냥 추측을 해 본 것입니다."

"그러니까 지금 소림이 대가리고, 대가리 노릇을 잘하고 있다는 말이지?"

간단하면서도 명확한 결론이다.

이게 마존의 능력이지만, 그 과정과 복잡한 상황을 파악하는 데 뒤처진다는 것이 문제였다.

누군가 제시를 해야지만 그 능력이 나타나는 것이다.

그것도 아니라면 상황이 닥쳐야 발휘된다.

"네."

"그래서 앞으로 어떻게 될 것 같으냐?"

"의외로 빨리 놈들과 부딪칠 수도 있을 것 같은데요."

"그렇단 말이지."

'이놈, 마의하고 다른 면도 있네.'

마의는 마존이 뭘 물어보면 이렇게 친절하게 대답해 주지 않았다.

"닥치고 거기로 가!"

왜 가는지 알 수 없었다.

가면 적이 있었고, 적과 싸워야 했다.

그러는 동안 마의는 다른 곳을 치거나 수하들을 빼돌리는 것이다.

어찌 보면 마존은 지금처럼 미끼 역할을 하는 데 아주 유용한 인물이라는 말이다.

천상 미끼가 될 팔자인가 보다.

"내일 혈문으로 가게 되면 심각한 상황이 벌어질 수도 있습니다.”

“어째서?”

“들었다시피 만마성이 봉문 아닌 봉문을 한 상황입니다. 일단 의심이 갈 만한 세 곳 중에서 한 곳은 알아서 몸을 사리고 있다고 봐야지요.”

“의심이 갈 만한 세 곳?”

“네. 사황성과 만마성, 그리고 녹림입니다.”

“어째서 사파라고 장담하는데?”

“장담이 아니라 추측입니다.”

“또?”

“현재 무림맹의 시선은 온통 강남에 쏠려 있습니다. 그것이 성동격서의 계를 이용한다고 보기에는 어려울 만큼 말입니다. 그리고 공허 대사의 흔적이 발견된 곳도 강남의 중심이었지요. 아마 정파에서 파악한 무언가도 강남을 중심으로 이루어지고 있을 것입니다. 그렇다면 당연히 그 세 문파에 시선이 쏠리는 것은 당연한 것 아니겠습니까?”

“그렇단 말이지.”

“예. 그리고 어찌 된 일인지 만마성에 대해서는 조금 허술한 모습을 보이고 있습니다.”

“허술한 모습?”

“네. 기실 현 시점에서 봉문 같은 눈에 띄는 짓을 했음에도 전혀 언급이 되지 않고 있습니다. 우리 몰래 뭔가를 할 수도 있겠지만, 변수가 등장을 했음에도 당황하거나 흔들리거나,

하다못해 일말의 관심이라도 가져야 하건만, 그저 옆집이 문을 잠근 것 같은 모습입니다."

"그건 어떻게 알았냐?"

"사대금강을 유심히 관찰한 결과입니다. 청운자 대협이나 장 대협, 제갈 대협이 조금 의외라는 반응을 보여준 반면, 그들은 만마성의 봉문이라는 말을 할 때 너무도 침착했거든요."

신나게 말을 하는 곽정을 유심히 바라보는 마존.

곽정은 그 눈길이 부담스럽기는 했지만, 눈을 돌리거나 하지는 않았다.

"왜 그러십니까?"

"평소에는 쥐 죽은 듯 조용히 있던 놈이 어째서 이렇게 설치는 거냐?"

"흠, 흠."

"설마 이 기회에 무림맹에서 한자리 차지할 생각이냐?"

"아닙니다."

"그런데 왜 그렇게 잘난 척하고 나서?"

"기회이기 때문입니다."

"어떤?"

"곧 닥쳐올 전장에서 변방에 있지 않을 기회 말입니다."

"중심에 들어가서 뭐 할 건데? 안전한 곳에서 작전이나 짜고 싶으냐?"

"그런 것이 아닙니다. 전 소모품으로 이용당하고 싶지 않은 것입니다."

“소모품?”

“예. 만일 혈마강시가 존재하고, 세 사파 중 하나가 배후로 드러난다면 아마도 큰 싸움이 벌어질 것입니다. 그런 곳에서 싸움에 뛰어들지 못하고, 외곽을 맴돈다거나 하수들만 있는 곳에서 싸움을 하다가 눈먼 칼에 맞아 죽기는 싫거든요.”

“오히려 중심에 뛰어든다면 더 위험한 것 아니냐?”

“생사를 걸지 않고 어찌 더 높은 곳을 추구하겠습니까?”

“그렇게 싸우고 싶으면 군에 지원하던가.”

“군은 집단이 우선되는 곳입니다. 무림과는 다르지요. 그런 곳에 있다가는 전귀가 되든 오히려 퇴보할 것입니다.”

“흥! 그렇게 따지면 소림이나 무당은 하수들밖에 없겠구나. 목숨 걸고 싸울 일이 거의 없으니 말이다.”

“소림이나 무당, 그리고 정파의 무공은 내공과 검술의 조화를 중시합니다. 이미 수백 년에 걸쳐 검증된 것들이고, 계속 발전하는 것이니까요. 제가 말씀드린 것은 그런 검증된 내공과 검술을 가지지 않은 저 같은 낭인에게 해당되는 말입니다.”

“웃기는 소리 말아라. 역사를 뒤져 보면 낭인 중에서 천하제일이 나온 적도 있다.”

“물론 그렇지요. 하지만 낭인이 천하제일이 되는 사례는 극히 적습니다. 그것은 그가 가지고 있는 내공이나 검술이 뛰어난 것도 있지만, 그 사람 자체가 뛰어났기 때문입니다. 그 덕에 후대로 갈수록 몰락하거나 대를 잇기도 힘든 것이지요. 주인님 말씀처럼 그런 이들이 나왔지만 현재 남아 있는 이가 있습니까?”

거의 없었다.

그중에서 성공한 곳을 꼽자면 모용세가였는데, 모용궁이라는 걸출한 인물이 무림을 휘젓더니 그 아들인 모용달이 세가의 기틀을 잡았다.

그렇다고 모용궁이 당시의 천하제일이란 것은 아니었다.

십대고수에 들 정도의 실력이었을 뿐이었다.

천하제일을 이루고도 현재까지 후대를 발전시킨 이는 전무했다.

곽정의 질문을 받은 마존이 잠깐 관자놀이를 눌렀다.

“이 얘기를 끝까지 해야 하나?”

“예?”

곽정은 마존의 질문을 받고 약간 실망했다.

지금 하고 있는 대화는 그들의 무공이 어디에서 시작되었나 하는 근원적인 얘기도 담고 있었다.

이대로 서로가 토론을 하다 보면 서로의 무공에 대해서 말이 나올 것이고, 그러다 보면 공통점을 찾을 수 있을 것이라 여겼다.

그리고 같은 연령대에 어떻게 자신보다 월등히 높은 경지에 올랐는지에 대한 실마리도 찾을 수 있을 것이라 기대했었다.

그런데 하품을 하면서 지겨워하는 마존을 보니 틀린 것 같았다.

‘일부러 끊은 것인가, 아니면 진짜 지겨운 것인가?

자신의 내심을 파악했을 것이라고는 생각지 않았다.

'뭐, 다음에 기회가 있겠지.'

곽정도 알고 보면 상당히 음흉스러운 데가 있었다.

"쓸데없는 것 말고 우리가 혈문으로 가면 어떻게 될 것인가 얘기해 봐."

"혈문에서는 그다지 큰 충돌이 없을 것이라 여겨집니다. 왜 우리를 감시했느냐, 감시를 의뢰한 이가 누구냐란 질문을 하는 것이 전부겠지요. 아마도 혈문은 질문에 답을 할 수밖에 없을 것입니다. 왜냐하면 이미 우리가 가는 목적이 파다하게 퍼졌기 때문이지요."

"사파에 대한 핍박으로는 보이지 않겠군."

"그렇지요. 일단 공허 대사의 죽음, 물론 발표는 실종으로 났습니다만 그것만으로도 혈문은 질문을 피하기 어려운데, 혈마강시까지 거론되었으니 더욱 힘들 것입니다."

"그렇다면 혈문은 거쳐 가는 것이네?"

"예. 그렇습니다. 그러니 최대한 혈문에서 시간을 벌어야 하는 것입니다. 그 이후에 충돌할 위험이 있으니까요."

"그냥 여기서 며칠 더 놀면 시간을 버는 것 아닌가?"

"그렇게 되면 놈들도 준비를 할 시간을 주는 것이지요."

"아~ 젠장! 뭐가 그리 복잡해?"

"지금은 복잡한 상황입니다. 시간을 벌면서 압박을 주어 놈들이 허점을 보이게 만들어야 하니까요. 그리고 다른 것에 집중하지 못하도록 우리가 확실하게 시선을 끌어야 합니다."

"알았다, 알았어. 그나저나 너는 어차피 나하고 같이 있으면 확실하게 사건의 중심에 설 텐데, 뭘 걱정하고 그러냐?"

마존의 말에 곽정이 슬며시 고개를 돌렸다.

"왜?"

"아무것도 아닙니다."

"그런데 왜 얼굴을 돌려? 내 말이 틀렸냐? 말했다시피 나 아니었으면 그때 다 죽었다니까."

"그랬을 수도 있겠지요."

"어째 어투가 이상하다?"

"제가 주인님을 이곳에 데리고 온 이유가 그것을 말하려고 한 것입니다."

"말해봐."

"일단 때리지 않는다고 약조해 주십시오."

"내가 나 좋다고 힘들게 손 놀리는 줄 아냐? 그게 다 수련이라고 생각해라."

"약조해 주십시오."

"알았다, 알았어. 때리지 않으마."

"그럼 말씀을 드리겠습니다. 지금 이대로 가면 주인님은 주류에서 떨어질 가능성이 다분합니다. 혈문을 나서면서 시작되는 행보는 계획보다는 임기응변으로 대응을 해야 하는데, 그렇게 되면 일일이 하는 일에 대해서 설명을 하지 못하기 때문입니다. 그런 상황에서는 최대한 돌발 변수를 없애고, 뜻을 알아차리고 행동할 수 있는 이들이 필요합니다. 보면 아시겠지

만, 장 대협이나 제갈 대협, 청운자 대협은 무공이 뛰어남과 동
시에 그런 상황 판단에 대응력이 좋으신 분들이지요. 철 소협
은 아직 잘 모르겠지만 뭔가 이유가 있으리라 생각합니다.”

“한마디로 내 머리가 떨어져서 나를 떼놓는단 말이냐?”

“예? 아, 뭐, 그런 말이지요. 그리고 덧붙이자면 아마도 그
검은 달라고 할지도 모릅니다. 물론 나중에 기회를 봐서 하겠
지만요. 강시와 싸우려면 신검, 명검이 필요한 것은 당연한 것
이니까요.”

약조를 못 믿는 것인지 잔뜩 긴장한 곽정이 마존을 바라봤
지만 마존은 지금 그를 때릴 생각이 없었다.

그저 가만히 곽정을 바라보고만 있었다.

“너 말이다.”

“네?”

“나하고 같은 사람 맞냐?”

“……”

“같이 다닌 나보다 어찌 내 말만 들은 네놈이 더 많이 알고
있냐?”

“주의 깊게 주변을 살피면 됩니다. 그리고 조각조각을 모아
서 하나의 큰 그림을 완성하는 것이지요.”

말은 쉽다.

하지만 그것을 실천하기란 무지하게 어려웠다.

“나를 떼놓으려는 이유가 그것뿐이냐?”

“주인님의 내력을 알 수 없다는 것도 한몫할 것입니다.”

"내력이 없다니? 훌륭한 월문이란 우리 사문이 있거늘!"

"그거야 주인님하고 주인님의 사질이란 분의 주장이지요. 정확하게 어디에 사문이 존재하고 누가 사문의 시조인지 말씀을 하지 않으셨지 않습니까. 저에게도 말씀을 하지 않으셨구요."

"그거야 우리가 워낙 신비주의를 택하니까 그렇다고 말을 했잖느냐."

"그것이 문제라는 말입니다. 이런 상황이 아니라면 그냥 넘어갈 수 있는 문제이지만, 현재 상황에서는 결코 용납될 수 없는 일이지요."

"그러냐?"

"네."

'젠장! 없는 걸 어떻게 만들어내?'

얼렁뚱땅 지어낼 수는 없는 노릇이었다.

그랬다가 거짓으로 판명이 난다면 더욱 곤란한 처지였으니까.

똑똑.

"누구냐?"

"손님이 찾아오셨습니다."

"손님?"

"네."

마존이 문을 열자 그곳에는 마존과 같이 대머리에 음침한 얼굴을 한 놈이 점소이의 옆에 서 있었다.

얼굴 가득 풍기는 나 건드리면 재미없다는 기운은 점소이조차 멀리 떨어지게 만들었다.

"아버님, 접니다."

마존을 보자마자 유상호가 전음을 날려 자신의 존재를 밝혔다.

"왔냐?"

"이름은 백무림입니다."

"잘 지내셨습니까, 사숙."

"사숙?"

"그게 제일 좋지 않습니까? 아니면 사형이라고 불러 드리면 좋겠습니까?"

사숙은 작은아버지뻘이란 말이었다.

그래도 부자관계인데 형제처럼 지낼 수는 없지 않겠는가?

"어쩐 일이냐?"

"사부가 돌아가셨습니다."

"사형이?"

"네. 그래서 무림에 나왔더니 사숙의 소식이 들리더군요. 그래서 이곳에 왔습니다."

"결국 죽었구나. 참, 이리 오너라. 너에게 소개시켜 줄 사람이 있으니."

유상호를 안으로 들어서 곽정과 만나게 하였다.

"인사해라, 내 사질이다."

"백무림이라 합니다."

"곽정이라 합니다."

인사를 나눈 두 사람의 눈이 마주쳤고, 서로가 서로를 탐색했다.

'뭐가 그리 뛰어나서 그렇게 칭찬을 하셨을까?'

곽정을 처음 본 유상호는 그의 특별함을 알 수 없었다.

한편 곽정은 유상호의 빈틈없는 자세에 감탄하고 있었다.

지금 당장 자신이 출수한다고 해도 그 공격이 성공하리라 장담을 못할 것 같았다.

그때, 문밖에서 인기척이 들렸다.

"화 제, 들어가도 되는가?"

"네, 들어오십시오."

문을 열고 들어온 이는 사대금강과 장하이, 철운영, 제갈현이었다.

"손님이 오셨다고?"

"예. 제 사질이 찾아왔습니다."

깍듯하게 대하는 마존의 모습을 보면서 유상호는 진심으로 놀라고 있었다.

'허~ 아버님이?'

서로 간의 인사가 오가고 드디어 철운영과 유상호가 마주했다.

"둘이 형제처럼 잘 지내기 바란다. 알았지?"

아들 둘을 소개하는 자리에서 마존은 나름대로 감동을 맛보고 있었다.

마존은 감동을 맛보고 있었지만, 유상호는 의아함을 느꼈다.

철운영이 이전에 보았던 마존의 초상과 많이 닮아 있었기 때문이다.

그렇다고 내색하는 어리석은 짓은 하지 않았다.

그저 웃는 얼굴로 철운영의 손을 잡았다.

'그래그래, 둘이 사이좋게 지내거라.'

간단하게 주안상이 들어오고 유상호를 환영하는 자리가 마련되었다.

"어떻게 찾아온 것인가?"

장하이의 물음에 오리 다리를 가득 입에 물고 있던 유상호가 우물우물 말을 하였는데, 당최 알아들을 수가 없었다.

처음 보여주었던 뭔가 있을 것 같던 모습과는 완전히 반대의 모습이었다.

사대금강과 청운자는 자리하지 않았는데, 유상호와 인사를 하고는 곧장 자신들의 방으로 갔기 때문이다.

내일 혈문을 방문하는 것 때문에 회의를 하려는 모양이었다.

"꿀꺽. 그러니까, 사숙이 오랜 지병으로 누워 계신 사부를 버리고 도망간 후 얼마 지나지 않아서 사부도 돌아가셨습니다."

"버리고 도망가?"

장하이가 마존을 바라보며 중얼거렸다.

"예. 사부가 드실 것을 마련하려고 산을 뒤지고 왔더니 이미 내빼고 안 계시더군요."

좌중의 시선이 모두 마존에게 쏠렸는데, 힐난하는 빛이었다.

"무슨 소리를 하는 거냐?"

마존이 전음을 날렸지만, 유상호는 들은 체도 안 했다.

"하긴 지치기도 하셨겠지요. 저도 충분히 이해합니다. 하지만 그렇다고 서운한 마음이 없는 것은 아닙니다. 그렇게 말도 없이 사라지실 줄은 몰랐거든요."

"허~ 내 화 제를 그렇게 안 봤거늘……."

장하이의 말에 힐끔 철운영을 바라보는 마존.

역시나 철운영의 얼굴도 심히 불쾌하단 표정이었다.

"아무튼 그렇게 사부가 떠나시고 나니, 다 쓰러져 가는 집에 혼자 있기 싫어서 사숙을 찾아 중원으로 나온 것입니다."

"이번에 처음 나온 것인가?"

"예? 아, 예. 어릴 때 들어가서 죽어라 무공만 익히다가 무이산을 벗어난 것은 처음이지요."

"무이산?"

되묻는 장하이의 눈빛이 순간적으로 날카롭게 빛났다.

"네. 왜 그러시는지?"

"아, 아무것도 아닐세. 그런데 무이산이라면 광서에 있는 그 무이산이 아닌가?"

"맞는데요."

유상호의 대답에 장하이와 제갈현, 철운영의 시선이 동시에 마존에게 향했다.

그 시선을 받은 마존이 얼굴을 손으로 감쌌다.

"이놈아! 신비 문파라고 몇 번을 말해야 하나!"

"다 생각이 있어서 그러니 염려놓으세요."

"허허허, 화 제가 입을 꾹 다물고 있어서 궁금했는데, 이렇게 쉽게 알게 될 줄은 몰랐군."

"예? 사숙이 입을 다물다뇨?"

"사문에 대해서 말을 한 적이 없었다네."

"하긴 그렇게 도망가고 누구에게 말하고 싶었겠습니까? 목 사형도 그렇고요."

목불곽과 마존을 완전히 파렴치한으로 몰고 있었다.

"사실 사부님이 골골하신 게 어제오늘이 아니었거든요. 저를 만나고 얼마 후에 바로 쓰러지셨으니, 벌써 십칠팔 년이 되어가네요. 목 사형은 얼마 버티지도 못하고 똥 기저귀 빨기 싫다고 내뺐었지요. 그래도 사숙은 오래 버틴 것입니다."

마존은 묵묵히 고개를 숙이고는 술을 마시는 데 열중하고 있었다.

"고생이 많았겠구만."

"고생이랄 게 있습니까? 사부는 곧 부모이니, 어찌 부모를 모시는 데 있어 힘들다 하겠습니까. 다만 돌아가시면서도 사숙과 목 사형을 걱정하시던 사부가 두 분의 소식을 듣지 못한 것이 안타까울 뿐입니다.”

눈시울이 붉어지는 유상호가 손으로 눈가를 잠깐 훔쳤다.

유상호가 그러면 그럴수록 마존을 바라보는 좌중의 시선은 곱지 않았다.

그렇게 유상호가 마존을 죽일 놈으로 만든 술자리가 끝나고 장하이 등은 자신의 숙소로 향했다.

아마도 이 얘기는 현정에게 들어갈 것이고, 무이산으로 사람을 보낼 것이었다.

“잠깐 나 좀 보자.”

유상호를 데리고 밖으로 나온 마존이 근처 야산으로 향했다.

쌀쌀한 날씨였지만, 두 사람에게는 전혀 상관없었다.

한겨울에 알몸으로 던져 놔도 얼어 죽지 않을 정도는 되는 이들이었으니까.

평평한 바위를 골라서 앉은 두 사람.

한동안 말이 없었다.

“괜찮겠냐?”

“벌써 조치를 취해놨습니다. 무이산에는 예전에 우리가 마련해 놨던 곳이 있거든요.”

무이산은 그 산세가 험하기로 정평이 나 있었다.

지형이 험한 광서에서도 수위를 다투는 곳이었다.

딱!

"악!"

"이놈아! 아무리 그래도 이 아비를 그딴 식으로 몰아!"

"어쩔 수 없었다구요! 마의님이 그렇게 하라고 하셨고, 잘 넘어갔잖아요."

"그래도 정도라는 게 있잖아! 아까 그놈들 눈빛 못 봤냐? 무슨 짐승 쳐다보듯 하잖아!"

"어차피 정파 놈들인데 어떻게 보든 무슨 상관입니까? 저놈들하고 평생 사시게요?"

"그건 아니라도……."

마존도 남들이 어떻게 보든 신경 쓰지 않았다.

다만 철운영이 자신을 그렇게 바라보는 것이 싫을 뿐이었다.

유상호를 가만히 바라보는 마존.

철운영의 정체에 대해서 말을 해줘야 할지, 말아야 할지 고민하고 있는 것이다.

"그나저나 왜 성을 나가신 것인데요?"

마존이 닦달하기 전에 미리 철판 깔고 물었다.

"뭐?"

"왜 쪽지 하나 달랑 던져 놓고 뛰쳐나가셨냔 말입니다. 혹시 어머님이 돌아가셨다고 이제 맘 놓고 바람피우시려고 그러세요? 정파의 영웅이라도 되어서 오는 여자 다 건드리시게요? 알아봤더니 벌써 한 자리는 확실하게 맡아놓으셨더군요."

진가장의 데릴사위 자리를 확보한 것을 말하나 보다.

“그런 게 아니다.”

“그럼 뭔데요?”

따지는 유상호를 보면서 마존은 갈등할 수밖에 없었다.

‘이놈이 그놈 맞나?’

떠날 때, 마의를 추궁하던 모습이 떠올랐기 때문이다.

‘휴우~ 내 업보지, 뭐.’

그냥 덮어두기로 했다.

“그나저나 괜찮은 것이냐?”

“무이산이요? 이미 대비를 해두었다니까요.”

“아니, 그거 말고 말이다.”

“예?”

“성을 오래 비워둬도 되는지 묻는 것이다.”

사실 전서를 보내면서도 올 것이란 기대는 거의 하지 않았
었다.

아무리 마의를 뒤에서 조종한다고 해도 유상호가 성을 비우
면 마의가 어떤 수작을 부릴지 알 수 없었으니까.

다만 전서의 내용을 바탕으로 만마성이 잘 대처하기를 바란
것이었다.

“마의님이 계신데 걱정할 것이 있나요?”

아무렇지 않게 말하는 유상호를 보면서 아직 어리다고 생각
하는 마존이었다.

‘믿을 게 따로 있지, 그 능구렁이 같은 놈을 믿다니.’

마존은 유상호가 마의의 약점을 쥐고 있다고 생각하고 있

었다.

그렇지 않다면 마의가 유상호에게 그렇게까지 저자세로 나가지 않았을 것이니까.

"아예 죽여놓고 오지 그랬냐."

"네?"

마의를 죽이는 것이 더 좋지 않았냐는 소리였다.

마존이 말하는 바가 무엇인지 알 수 있었지만, 유상호는 무조건 모르쇠로 나가기로 했다.

유상호가 무슨 소리를 하냔 빛으로 물어보자 마존도 더 이상 말을 하는 것을 포기했다.

'잘 알아서 했겠지, 뭐.'

유상호는 자신과 달라서 속이 깊고 똑똑한 놈이었다.

마의를 휘어잡았다고 생각하고 있기 때문에 더욱 그렇게 보였다.

그런 아들놈이 아무런 조치도 취하지 않고 나왔다고 보기 어려웠다.

"그나저나 언제까지 있을 생각이세요?"

"왜?"

"마의님이 그 혈마강시란 것들이 상당히 위험하다고 하던데요. 만약 혈마강시가 등장하고 그 배후 세력이 나온다면 그놈들과 연수하는 것이 좋을 것이란 말씀도 있으셨구요."

이 말을 듣자 다시 고민에 빠진 마존.

'어떻게 받아들이려나.'

혈마강시를 만들 정도의 놈들이니 절대 정파는 아닐 것이었
다.

그렇다면 사파인 만마성과 그들이 연합하는 것은 불가능하
지 않았다.

하지만 정파는 다르다.

정파는 곱게 그들에게 머리를 숙이지 않을 것이었으니까.

그래서 마존은 현재 상황을 벗어날 수 없는 것이다.

자식들이 정파에, 그것도 대가리라 불릴 수 있는 곳에 널려
있으니 어떻게 떠나겠는가.

이런 것을 말하고 싶어도 배다른 자식들이 많이 있다는 것
을 유상호가 어떻게 받아들일지 고민되는 것이다.

바람피우는 것 때문에 백유향의 속을 썩였다고 자신을 못마
땅하게 생각하는 유상호였으니, 걱정되는 것은 당연했다.

그래도 언젠가는 말을 해줘야 할 문제였다.

정사대전이 일어나지 않는다는 보장이 없었고, 그러다 보면
자식들끼리 피를 보지 않는다는 확신도 없었으니까.

다른 자식들은 그 속을 알 수 없었다.

그나마 이십삼 년을 같이 산 유상호가 더 나았다.

그리고 다른 자식들은 신분에 얽매여 있었지만, 유상호는
수장의 위치에 있으니 형제들에게 양보를 하려고 마음만 먹으
면 실행할 수 있었다.

'역시 말하는 게 좋겠지?

겨우 오 년이었다.

얼마 남지 않은 시간에 자식들끼리 쌈박질하는 모습은 보기
싫었다.

'그나저나 이 자식이 가만있으려나?'

자신을 내몰려고 마의까지 압박하는 놈이었다.

자식들이 정파에 있다면 그것을 빌미로 협박을 할 가능성이
있는 것이다.

'괜찮겠지. 어차피 그놈들이야 나를 못 잡아먹어서 안달인
데, 설마 상호 이놈이 협박한다고 따르기야 하겠어? 오히려 죽
인다고 달려들지나 않으면 다행이지.'

아들들이 자신을 죽이고 싶어한다는 것을 충분히 말해주면
괜찮으리라 생각했다.

"상호야."

"예."

"사실 말이다. 흠, 흠. 내가 예전에… 에, 그러니까, 사고를
좀 쳤거든?"

"예."

하루이틀인가?

사고는 예전에 좀 친 것이 아니라 요즘에도 쳤다.

"그… 뭐시냐, 이 아비가 낭만을 좀 즐겼지 않냐?"

낭만은 무슨, 주체 못하는 욕정에 휘둘린 한 마리 짐승이었
다.

"그러다 보니 나도 모르는 그… 자식들이 좀 있더라."

"예?"

앉아 있던 유상호가 벌떡 일어났다.

이번엔 진짜 놀랐다.

자식도 아니고 자식들이었다.

무언가가 떠오른 유상호가 청운자 등이 있는 전각으로 시선을 돌렸다.

"설마, 아까 있던 개방 놈입니까?"

의아함을 느꼈었다.

마존의 젊은날이라던 그 초상과 거의 비슷했었으니까.

하지만 아니라고 치부했었다.

"응."

맞단다.

자식들이라고 했으니 더 있으리라.

"그놈 때문에 있는 것입니까?"

유상호의 말속에는 서운함이 들어 있었다.

자칫하다가는 배신감이 들 것 같았다.

"아니, 그게 말이다."

"그놈 때문에 있는 것이군요."

"그게… 위험하잖냐."

"그래서 뒤늦게 아버지란 역할에 충실하시기로 했습니까?"

"충실이나 마나, 그놈들 나를 죽이겠다고 열심히 찾아다니더구나. 아직 말도 못했다."

"죽인다고요?"

"그래. 나도 얼마 전에야 알았거든. 그동안 고생이 심했나

보더라."

"음, 또 어디 있습니까?"

"그게… 소림하고, 무당, 아미에 하나씩 있다."

"아… 미?"

"응. 이제 스물넷이니 너에게는 누나가 되겠구나."

철기준, 철운영은 동생이고, 철소명은 형, 철혜화는 누나였다.

마존의 말을 들은 유상호는 한동안 가만히 있었다.

무엇을 생각하는지 얼굴은 잔뜩 굳은 채였다.

"흠, 흠. 혹시 들었는지 모르겠지만, 이 아비는 앞으로 오 년도 못 산다."

은근히 말을 꺼냈지만, 유상호는 여전히 묵묵부답이었다.

"마의가 말을 안 하더냐?"

이제는 아예 눈을 감고 있다.

"상호야?"

"사실입니까?"

'이 녀석이? 다 알면서 왜 이래? 아닌 척하려고 그러나?'

"사실이다."

"그래서 뛰쳐나가신 것입니까?"

"뭐, 그런 이유도 있고, 겸사겸사 남은 시간 동안 중원 유랑이나 하려고 했지."

'솔직히 네놈들 얼굴 보기 싫어서 뛰쳐나왔다!'

라고 솔직히 말하고 싶었지만, 지금은 상황이 좋지 않았다.

그래서 몸이 안 좋은 것으로 동정표를 사려 했다.

'워낙 유향을 좋아하던 놈이니, 배신감을 느낄 수도 있겠지.'

바람을 피운 것하고, 자식을 낳은 것하고는 같은 수준의 문제가 아니었다.

아직도 무언가를 생각하는지 계속 굳은 얼굴로 앉아 있는 유상호를 보면서 이제는 슬슬 화가 치밀기 시작했다.

'이놈 봐라?'

돌연 살면 얼마나 산다고 자식놈 눈치까지 봐야겠냐는 생각이 든 것이다.

게다가 자신을 속이고 조금이라도 빨리 성주 위에 오르려던 놈이 아닌가?

"아비가 바람 좀 피웠다고 화내는 거냐?"

"바람만 피운 것이 아니잖습니까!"

"어라? 지금 화내는 거냐? 그러는 네놈은 뭐 잘한 것이라도 있냐? 아비가 아픈 것을 이용해서 빨리 죽으라고 고사를 지내던 놈이?"

"제가 언제요?"

"내가 다 들었는데, 어디서 발뺌이냐? 왜 성을 나왔냐고? 네놈하고 마의가 작당을 하는 소리를 듣고 온갖 정이 다 떨어져서 뛰쳐나왔다. 왜?"

'사실을 밝혀야 하나?'

유상호도 나름 고민을 하고 있었다.

현재 상황이 상황인만큼 만마성에도 마존이 필요하기 때문
이었다.

철운영 등이 위험에 노출되어 마존의 손길을 필요로 하지만
자신도 자식이지 않는가.

거기다 만마성은 마존이 일군 곳이었다.

"안 그래도 병이 악화되어서 이제는 서지도 않는데, 내가 무
슨 낙으로 살겠냐? 이 기회에 몰랐던 자식놈들에게 인심이라
도 쓰련다. 싫으면 돌아가던가."

진지하게 진실을 밝히려던 유상호의 고민을 단번에 날려 버
렸다.

"네?"

"싫으면 돌아가라고."

"아니, 그거 말고요."

"뭐?"

"그… 서지 않는다는 것 말입니다."

유상호의 시선이 마존의 중심으로 향했다.

"휴우~ 병이 깊어지는지 아예 반응도 없다. 성을 나설 때까
지만 해도 괜찮았거늘."

말하는 마존의 음성에 서글픔이 묻어 있다.

"진짜요?"

"그럼 아비가 그런 것 가지고 농담할 줄 알았냐?"

마존의 말을 들은 유상호가 아까보다 더욱 깊은 생각에 잠
겼다.

‘진짜라면 상황이 심각해진다.’

어떤 이유에서인지는 몰라도 마존이 성을 나서서 이런 결과
가 나온 것이었다.

분명 성을 나설 때까지는 괜찮았다고 했으니, 그 원인이 성
밖에서 나타났으리라.

“꿀꺽.”

자칫하다가는 엉덩이 서너 대로 끝나는 것이 아닐 것 같았
다.

“약은 드셨어요?”

“내 몸을 내가 모르겠냐?”

마존의 의학적 지식이 얕지 않다는 것을 누구보다 잘 알고
있는 유상호였다.

“갑자기 말을 듣지 않는데, 영문을 모르겠더구나.”

“저기…….”

“됐다. 그만하자. 그리고 네가 받아들일 수 없다면 강요하
고픈 마음은 없다. 그렇다고 성으로 돌아가지도 않을 것이고.
사실 성보다는 여기 있는 애들이 더 위험한 것이 사실이잖냐.
공허 땡중하고 약속한 것도 있고.”

“공허 대사를 만나셨었어요?”

“대사는 무슨. 땡중이지.”

“아무튼이요.”

“그래. 그 땡중하고 약속한 것도 있으니, 당분간은 이곳을
떠날 생각 없다. 그러니 가려면 가려무나.”

"무슨 약속을 하셨는데요? 그런 말은 전서에 없었잖아요."

"별것 아니고, 땡중이 힘 좀 써달라고 했는데, 아무래도 그 말이 지금 벌어지는 사건하고 연관이 있는 것 같아서 말이다."

"설마 조부모님을 걸고서 약조하신 거예요?"

"땡중이 부처를 걸고 말하는데, 내가 뭐 달리 걸 것이 있어 야지."

마존은 다른 것은 몰라도 그의 부모님을 걸고 말한 것은 무 조건 지키려고 애썼다.

그래서 백유향이 바람피우지 않는다고 부모님을 걸고 맹세 하라고 했을 때는 절대 하지 않았다.

대신 성을 갈겠다거나 하는 것을 걸었다.

마존은 약속을 저버리지 않았다.

진짜 성을 갈았던 것이다.

하지만 그 성이 돌고 돌아 열댓 번이 되어서 다시 '유' 씨가 된 것이 문제라면 문제였지만.

"그들 얘기 좀 해주세요."

유상호가 다시 자리에 앉으며 말을 꺼냈다.

"응? 아, 그놈들? 나도 잘 모르는데 말이다. 아무튼……."

그렇게 철운영 등에 대해서 만난 것과 그들이 살아온 것, 지 금 어떤 상황인지에 대해서 말해줬다.

"그럼 아버지 때문에 의심을 받고 있는 거네요?"

"그렇지. 나를 만나고 땡중이 실종되었으니까."

"그나저나 지공 대사가 그렇게 저돌적인 사람이었나요?"

“지공 땡중? 아, 아. 나도 그건 의외라고 생각하고 있지. 곽정 놈이 말한 것을 종합해 보면 끼기 싫으면 끼지 말란 식으로 주위 문파들을 대하는 것 같으니까.”

“변수로군요. 과연 그 변수가 얼마나 큰 성과를 거둘까요?”

“글쎄다.”

“흠, 곽정이란 사람이 그 정도까지 예측을 했다니······.”

“그렇지? 난 그놈이 무슨 다른 정보통이라도 있나 생각했다니까.”

“탐나긴 하네요.”

유상호가 철운영 등을 받아들이는 것 같자 마존도 마음이 좀 놓였다.

“아무튼 애들에게 아비 정체는 비밀이다. 자칫하면 만마성을 뿌리 뽑겠다고 달려들지도 모르니 말이다.”

“알았어요.”

어느새 유상호의 말투가 친근해졌다.

“오랜만이구나.”

“예?”

“아니다.”

유상호의 옆에서 가만히 생각에 잠겼던 마존이 무엇이 떠올랐는지, 아들이 얼굴을 바라봤다.

‘그러고 보니 이놈, 이런 말투를 쓸 때는 무언가 잘못을 했을 때 아니면 뭔가 바랄 때였는데?’

대충 마의하고 작당을 해서 자신의 죽음을 수수방관한 것을 뉘우치고 있다 생각하는 마존이었다.

유상호가 반성을 하고 있다고 생각하니 흐뭇해졌다.

'그래도 한 가지는 이뤘구나.'

마존이 자식놈들과 같이 여행하고 싶다던 조그만 소망이 부분적으로나마 이뤄진 것에 만족하고 있는 사이 유상호의 머리는 팽팽 돌아가고 있었다.

'원인을 알아야 해. 분명 자연적인 결과는 아닐 것이다. 어떻게든 성을 나온 것과 우리가 거짓말을 한 것에 이유가 있겠지.'

죽지는 않겠지만 죽지 않을 만큼 맞을 수는 있었다.

게다가 병이 고쳐지지 않는다면 행패는 심해질 것이고.

거짓말은 언젠가 들통이 날 수도 있었다.

만마성이 있는 동쪽을 바라보는 유상호의 눈에 간절한 마음이 담겨 있었다.

전서를 보내는 것도 큰일이긴 하지만, 전서를 받고 놀랄 마의의 모습이 떠올라 마음이 편치 않았다.

'마의님, 부탁드립니다.'

믿을 것은 마의뿐이었다.

둘의 고개가 동시에 서로에게 돌려졌다.

어색한 미소를 짓는 두 사람.

"그만 내려가자꾸나."

"예."

그렇게 두 사람이 내려오려는 찰나, 유상호가 입을 열었다.

“참, 아버지.”

“왜?”

“이거요.”

그러면서 얼굴을 사선으로 가로지르고 있는 흉터와 불룩 튀어나온 눈두덩이를 가리켰다.

“그게 왜? 나름 잘했다고 생각하고 있었다만. 아주 감쪽같구나.”

“이거 마의님이 해주신 건데요.”

“뭐?”

유상호의 말에 마존이 깜짝 놀랐다.

그러더니 그의 얼굴을 잡고서 요리조리 돌려보는 것이 아닌가?

“정말 마의가 했단 말이냐?”

“예? 아, 예.”

“그놈이 부작용에 대해서 말을 안 해주디?”

“아버지한테 여쭤보라던데요?”

“그래?”

마존의 반응에 일말의 두려움을 느끼는 유상호였다.

‘설마 살이 썩는다거나 하지는 않겠지?

“어떤 부작용인데요?”

“응? 아, 아. 별거 아니다. 그냥 한 몇 달 있으면 거기가 좀 가렵거든. 그때 혹시라도 긁으면 덧날 수 있으니까 조심해야 한다는 것 말고는 없다.”

"그래요?"

진짜 대수롭지 않은 것이었다.

가려운 게 뭐 문제겠는가.

그리고 몇 달이나 이 여행이 지속될 것이라고는 생각하지 않았다.

그렇게 유상호가 의혹과 안심을 하는 사이 마존은 회심의 미소를 짓고 있었다.

'흐흐흐흐. 그게 가려울 때쯤이면 아예 굳어서 그 얼굴로 평생을 살아야 할걸?'

마존은 평소에 유상호의 미끈한 얼굴이 마음에 들지 않았다.

남자라면 자고로 일단 얼굴에서 먹고 들어가야 한다는 생각을 가지고 있었기 때문이다.

지금의 얼굴은 아주 마음에 드는 얼굴이었다.

그는 유상호가 이 얼굴로 사는 것에 찬성이었다.

第六章
급변하는 상황들

魔峯 미주링기 诗酒記

“성주님, 어떻게 할까요?”

“냄새를 맡은 것 같지?”

“예.”

“그때 모조리 죽여 버릴 것을……”

“그렇게 된다면 관이 가만히 있지 않았을 것입니다. 황성이
나설 수도 있었습니다.”

사존과 귀곡자가 심각한 표정으로 대화를 하고 있었다.

풍운표국에서 흘러나온 말이 사단을 일으킨 것이다.

약초와 납치, 그리고 사황성.

이 세 단어가 무림맹에 포착되었다.

무림맹이 여기저기 들쑤시고 다니는 동안 결국 풍운표국에 이르렀고, 탐문하는 과정에 그 말을 들은 이들이 나타났던 것이다.

현재 무림은 이 세 단어가 폭풍처럼 휘돌고 있었다.

사존이 말하는 것은 풍운표국을 멸문시킬 때, 그 주변의 마을까지 모조리 죽이지 않은 것을 후회한다는 것이었다.

하지만 일개 문파가 몰살당하는 것과 마을이 몰살당하는 것은 많은 차이가 있었다.

그렇기에 현재와 같은 일이 벌어진 것이다.

"약초의 이동 경로에 대해서는 특별히 신경을 썼거늘, 그 한 곳으로 인해서 이런 결과가 벌어질 줄이야. 으음……."

정확히 말하자면 마존 때문이었다.

새삼 마존, 즉 방화범에 대해서 분통이 터지는 사존이었다.

쾅!

"그 빌어먹을 방화범에 대해서는 밝혀진 것이 없느냐?"

"네."

귀곡자도 딱히 방법이 없었다.

워낙 창졸간에 나타나 순식간에 사라져 버린 놈이었다.

"귀수신의 놈은 아직도 만마성에 있느냐?"

"예."

"지금 만마성을 치는 것은 힘들겠지?"

"아직 조율이 다 끝나지 않았습니다. 최소한 두 달은 더 있어야지만 완벽한 혈마강시가 됩니다. 그것도 아홉 구이고, 나머지 아홉 구는 이전에 계획한 대로 일 년은 있어야 합니다."

풍운표국을 몰살시킬 당시 방화범이 귀수신의와 안면이 있는 것 같았다는 정보를 알고 있는 사황성이었다.

귀수신의가 만마성에 뛰어들면서 그를 추궁할 방법도 없어졌다.

"성주님⋯⋯."

"알고 있다. 놈이 중요한 것이 아니지. 그래, 어떻게 돌아가고 있느냐?"

"사천은 아직까지 그 힘을 모으고 있지는 않습니다. 당가와 청성이 내부적으로 갈등을 일으키고 있으니까요. 나머지 곳에서는 속속 호북의 막주로 이동하고 있습니다."

막주에는 무림맹이 존재했다.

"그곳에서 배를 타고 올 속셈이구나."

막주에서 뱃길을 타면 바로 호남이었다.

그 길이 멀기는 하지만 다수의 인원이 움직이는 데는 그만한 방법이 없었다.

"사안이 사안인만큼 다른 곳은 침묵하고 있는 실정입니다."

중원의 사파가 녹림이나 사황성, 만마성만 있는 것이 아니었다.

곳곳에 흩어진 사파가 정파의 수에는 못 미칠 망정 적진 않았다.

하지만 현재 그런 곳들은 모조리 숨을 죽이고 있었다.

자칫 이상한 소문이라도 돈다면 바로 소림의 철퇴를 맞아야 했으니까.

공허의 실종에 소림은 지금 물불 안 가리는 상태였다.

그들의 손속에 자비를 찾기란 불가능할 것이다.

"녹림은?"

"밖으로 눈을 돌릴 상황이 아닙니다."

"반목하는 것인가?"

"예. 현 총채주가 너무 오래했지요. 거기다 독선적이었지 않습니까? 자식에게 대를 물려가며 권력을 잡으려고 하니 무리가 있는 것이지요."

"귀도라고 했나?"

"예. 총채주가 무리하게 귀도를 몰아붙인 모양입니다. 현재는 귀도를 따르는 이들과 총채주를 따르는 이들로 나뉘어 대치하고 있습니다."

"결국 소림인가?"

"그렇습니다. 현재 무림맹을 움직이는 것은 소림입니다. 아직 무당이나 다른 곳들은 적극적으로 나서지 않고 있습니다."

"반신반의하는 것이겠지."

"그럴 것입니다. 강시당도 단 한 기의 혈마강시를 만든 것이 고작이었으니까요."

"만일 우리가 혈마강시를 보이면 어떻게 될까?"

"정파는 대부분 대응하는 쪽으로 가닥을 잡을 것입니다. 그것도 아주 격렬하게 나오겠지요."

"사파는?"

"확실한 것을 보여주기 전에는 행동으로 옮기지 않을 것입니다.”

　사황성 하나의 힘으로 정파와 대립하는 것은 아무리 혈마강시가 있다고 하더라도 힘에 부치는 일이었다.

　더군다나 아직 혈마강시는 완성되지 않았다.

　최소한 지금 조율 중인 아홉 구의 강시가 완성될 시간은 벌어야 하는 것이다.

　“놈들이 언제쯤 우리를 치러 올까?”

　“아무리 소림이라 하더라도 독자적으로 치러 오지는 못할 것입니다. 최소한 사천에서 인원을 파견해야 하고 무림맹 놈들도 모아야 하니, 짧아도 한 달은 걸릴 것입니다.”

　“한 달이라…….”

　여전히 부족한 시간이었다.

　“더 짧아질 수도 있습니다. 놈들이 발 빠르게 움직인 덕분에 모인 인원이 제법 된다고 했으니 말입니다.”

　“결국 우리와 소림의 싸움이군.”

　“그렇습니다. 스스로 걸어 잠근 만마성은 건드릴 필요 없습니다. 녹림도 내분을 핑계 삼아 눈치를 볼 것이 분명합니다. 우리가 우리의 힘만으로 일을 벌였다면 낄 수도 있었겠지만, 혈마강시가 노출된 것이 문제입니다. 그들이 혈마강시를 가진 것도 아니고, 섣불리 우리와 합류하겠다면 그동안 벼르고 있던 정파들이 우르르 몰려가서 난리를 칠지도 모르니 말입니다. 아무래도 우리보다는 만만할 테니, 사기 진작을 위해서라도 반드시 녹림을 칠 것입니다.”

“거기다 주제도 모르고 이름을 날리려는 날파리들도 있을 것이니.”

“맞습니다. 그동안 무림은 공허라는 절대자에 의해 너무도 평화로운 시기를 보냈습니다. 그런 만큼 실력이 있으면서도 이름을 날리지 못한 이들이 많이 있지요. 그런 이들이 대거 뛰쳐나올 수 있습니다. 지금도 무림맹에는 정파 놈들보다 그렇게 이름을 날리려는 승부사와 낭인들이 몰려들고 있다고 합니다.”

“흥! 하루살이들 같으니라고.”

“그런 그들의 합류를 늦추고, 정파의 진격을 늦추려면 강한 일격이 필요합니다. 우리에 대해서, 혈마강시의 무서움에 대해서 확실하게 가르쳐 줄 수 있는 그런 것 말입니다. 여기서 만마성은 제외됩니다. 거리도 있거니와 성주님 말씀처럼 놈들에 대해서 확실하게 밝혀진 것이 없기 때문입니다.”

“그럼 어디가 좋겠느냐?”

“우리와 가까우면서도 정파 놈들과 아무것도 모른 채 날아드는 불나방들에게 경고를 할 수 있는 곳, 그곳은 바로 여기입니다.”

귀곡자가 가리키는 곳, 그곳이 바로 이 전쟁의 서막이 울리는 곳이리라.

“좋다! 그곳을 친다. 우리의 힘을, 혈마강시의 무서움을 놈들에게 뼈저리게 가르쳐 주거라!”

“네!”

                    *   *   *

"어떻게 해야 하겠냐?"

곽정을 잠시 내보낸 마존이 유상호와 전음을 나누고 있었
다.

"아버님은 어떻게 하시고 싶으신데요?"

"당장 사천으로 가겠다."

"여기서 그런 반응을 보인다면 불필요한 의심을 사게 됩니
다."

"그렇다고 가만히 있으란 말이냐!"

전음 속에 은은한 살기가 깃들어 있었다.

"제가 알아서 하겠습니다."

혈문을 방문하기 바로 직전에 무림맹에서 날아온 정보로 일
행은 숙소에 머물 수밖에 없었다.

그사이 일행 중에서 가장 바쁘게 움직인 것은 유상호였다.

뻔질나게 철운영에게 드나들더니 기어코 '형' 소리를 들은
것이다.

쉽게 마음을 열지 않던 철운영이고 보면 의외랄 수 있었다.

그렇게 기다리는 그들에게 전해진 소식은 그다지 충격적이
진 않았다.

사황성을 배후로 의심하게 만드는 실마리 발견.

이미 어느 정도는 예상이 되었다고 봐야 했다.

사파의 암흑기에서 일을 벌일 무리는 그 대상이 좁혀졌던

것이다.

그러던 그들에게 어제 도착한 전서는 이전의 것과는 완전히 다른 충격이었다.

"방법이 있느냐?"

"운영이도 좌불안석입니다. 혼자라도 간다고 하더군요. 우리는 그 애에게 묻어가면 될 것입니다."

"알았다. 네가 알아서 해라."

"예."

방을 나선 유상호가 장하이 등이 있는 곳으로 향했다.

현재 제갈현, 청운자들도 같이 모여 있었는데, 그곳에서는 지금 고성이 오가고 있었다.

"네가 가서 뭘 한다는 말이냐!"

"누나가 실종되었는데 어떻게 안 가요!"

"당문과 청성이 원군으로 갔다. 거기다 무림맹에서도 무사들을 보낼 것 아니냐. 아니, 이미 보냈을지도 모르지."

"그래도 가야겠습니다. 제 눈으로 봐야겠다구요."

"아미를 하루아침에 초토화시킨 놈들이다. 가서 시체 하나 더 늘려주려고 그러냐?"

"맘대로 생각하세요. 아무튼 전 갑니다."

"이놈아! 모든 개방도들은 자중하고 무공을 지닌 이들은 모두 집합하라는 방주령이 내려진 상태다. 방주령을 거역하겠다는 거냐?"

"사부님이 아무리 뭐라고 하셔도 전 갑니다."

"이놈이……."

드르르륵.

문이 열리며 유상호가 들어왔다.

"저도 같이 가겠습니다."

"무림이 형?"

"동생이 간다는데 어찌 형이 되어가지고 같이 가지 않을 수 있겠습니까? 그리고 사숙도 같이 가신답니다. 저희들은 무림맹의 지시를 받을 필요도 없으니 상관없지 않겠습니까?"

"화 제가?"

"네."

"그곳은 이미 사황성의 손에 떨어진 곳이다. 거기다 그 소식을 듣자마자 중원에 널려 있던 사파들이 모여들고 있는 중이고. 자리를 잡고 있던 정파들도 속속 그곳을 떠나는 중인데, 그런 곳에 어찌 들어가겠다는 것이냐?"

"이대로 운영이를 데리고 갔다가 몰래 빠져나가기라도 하면 어떻게 하실 겁니까? 그렇게 되면 운영이 혼자 가게 될지도 모릅니다."

유상호의 말에 장하이가 잠시 생각에 잠겼다.

"조금만 있으면 무림맹에서 대대적인 반격을 할 것입니다. 그때 같이 가셔도 늦지 않을 것입니다. 백 소협과 화 대협도 조금만 참으시지요."

청운자가 유상호를 만류했다.

현재 장하이는 철운영과 같이 가고 싶어도 갈 수 없는 처지였다.

일반 개방도가 방주령을 어기는 것과 장로가 방주령을 어기는 것은 천지 차이였다.

워낙 성격이 개차반 같은 개방이었기에 위로 갈수록 방주를 대하는 것에 어려움을 느끼도록 형벌을 무겁게 만들어놓은 것이다.

더군다나 지금과 같은 전시 체제에서 방주령을 어기는 것은 하극상으로까지 발전될 가능성이 높았다.

"누가 뭐래도 전 갑니다! 그렇게 아세요!"

말을 마친 철운영이 지금이라도 떠날 듯이 짐을 싸기 시작했다.

짐이라 해봐야 낡은 몽둥이와 봇짐 하나가 전부였기에 그리 오랜 시간이 걸리지 않았다.

"정녕 가야겠느냐?"

"예!"

철운영의 눈 속에는 확고한 결심이 자리 잡고 있었다.

장하이의 고개가 유상호에게로 돌려졌다.

많은 뜻이 그 안에 들어 있었다.

"부탁해도 되겠느냐?"

"저만 가는 것도 아닌데요. 사숙은 보기보다 세다구요."

마존의 강함은 장하이도 알고 있었다.

하지만 적은 그보다 더 강한 이들이었고, 숫자도 많았다.

"운영아."

“네, 사부.”

“좋다. 화 제가 같이 가준다고 하니 마음이 놓이는구나. 대신 한 가지만 약속해 다오. 누이의 소식을 알게 된다면 무슨 일이 있어도 다시 돌아온다고 말이다. 안 좋은 일을 당했더라도 절대 경거망동하지 않겠다고. 알겠느냐?”

“알았어요.”

“만일 너마저 소식이 끊긴다면 그때는 나도 그곳으로 갈 것이다. 알겠느냐?”

“……”

장하이는 그러고도 남을 사람이었다.

방주령 때문에 지금은 움직이지 않는다고 하여도, 방주를 만나면 허락을 득하든 하지 않든 다시 발길을 돌려서 사천으로 떠날 사람이었다.

장하이의 제자 사랑은 아는 사람은 다 아는 사실이었으니까.

“부탁한다.”

그때 마존과 사대금강, 마승이 같이 들어왔다.

“화 제, 부탁하네.”

“염려 마십시오.”

좋게 결말이 나려는 찰나, 마승이 입을 열었다.

“저도 같이 갈 것입니다.”

그 말에 좌중의 시선이 민대머리의 마승에게로 향했다.

“대사?”

"우리도 정확한 정보가 필요하던 때입니다. 그 연결 고리로 가는 것이니 부담 갖지 마십시오. 아미타불."

장하이와 철운영으로서는 환영할 만한 일이었지만, 마존 등에게는 그다지 좋은 일이 아니었다.

마존이 마음 놓고 움직이려면 눈이 적을수록 좋았기 때문이다.

하지만 딱히 반대할 이유가 없었다.

"마승께서 같이 가주신다니 더 마음이 놓입니다."

장하이는 반색을 했지만, 마승이 따라붙는 이유는 따로 있었다.

"잘 알겠느냐? 무슨 일이 있어도 저 검은 꼭 가져와야 한다."

"알겠습니다."

그렇다.

마승이 따라붙는 이유는 마존이 지니고 있는 검 때문이었다.

정확한 효능은 밝혀지지 않았지만, 그 단단함만으로도 큰 이득이 될 것이었다.

이미 혈마강시와의 한차례 접전으로 인해 가치가 입증된 검이었기에 소림에서는 더욱 탐이 나는 물건이었다.

그렇게 철운영 등이 사천으로 떠나는 것이 결정되었다.

마존을 위시해서 곽정과 유상호, 철운영, 마승이 멀어지는 모습을 보면서 사대금강 등도 발길을 돌렸다.

“정확하게 아는 것을 말해봐.”

유상호가 철운영과 호형호제하게 되자 마존도 철운영에게 말을 편하게 하게 되었다.

같은 또래인 곽정도 그들과 친해졌는데, 이는 유상호의 적극적인 행동에 기인한 결과였다.

“지금 아미는 멸문에 가까운 피해를 입었고, 극소수의 인물들만이 탈출한 것으로 알려져 있습니다. 그것도 청성이나 당문으로 도망가지 못하게 포위망을 구축한 덕분에 오히려 위험한 귀주 방면으로 몰이를 당했답니다.”

철운영이 걱정스런 음성으로 대답했다.

이 소식을 듣자마자 난리를 피운 것이 어제저녁이었고, 밤새 장하이를 설득하였지만 성과를 얻지 못했었다.

마존도 이 얘기를 듣자마자 달려가고 싶었지만, 유상호가 만류하여서 참고 있다가 철운영을 핑계로 가는 것이다.

“그 탈출한 인물들 중에서 네 누이가 있는 것이냐?”

“지금 아미의 생존자들은 각지로 흩어졌습니다. 그중에서 마지막으로 소식을 전한 사람이 누나였습니다. 귀주로 가지 않기 위해서 운남으로 최대한 방향을 튼다고 한 것이 마지막 전서였다고 합니다. 그것이 벌써 닷새 전이니 현재는 어디 있는지, 어떤 상황인지 알지 못하고 있습니다.”

“그렇단 말이지…….”

대답을 하는 마존의 얼굴에 근심과 함께 노여움이 깃들었다.

'빌어먹을 놈들! 만일 혜화에게 무슨 일이 생겼다면 절대 가만히 두지 않겠다!'

딱 하나 있는 딸이었다.

아들들만 우글우글한 곳에 있는 청초한(?) 꽃이었다.

그런 딸이 위기에 처한 것이다.

얼마 지나지 않아 포양호에 다다랐고, 그곳에서 배를 타기로 했다.

포양호를 가로지르면 바로 남창으로 갈 수 있는 것이다.

그런 이유도 있었지만 일행, 정확히 말하자면 철운영의 체력을 위한 안배도 깃들어 있었다.

실상 현재 가장 실력이 떨어지는 것은 그였고, 흥분한 상태였기에 적절한 몸 상태를 만들지 못하고 있기 때문이었다.

얼마 달리지도 않았건만, 그의 몸에서 김이 피어오르고 있었다.

이것은 무공을 배운 이들에게는 그다지 좋은 현상이 아니었다.

제대로 몸을 조절하지 못한다는 것이었으니까.

"비켜!"

마존 등이 선착장에 도착했을 때, 마침 배 하나가 다가오고 있었다.

날렵한 쾌선으로 보이는 그 배에는 십여 명의 인물이 내릴 준비를 하고 있었는데, 대단한 인물이라도 되는지 마중 나온 이들이 오십여 명은 되어 보였다.

그들로 인해서 작은 선착장이 가득 찬 상태였다.

그러니 어찌 마존이 화가 나지 않겠는가.

"뭐야, 이 민대머리들은? 죽고 싶냐?"

사내 하나가 눈살을 찌푸리며 앞을 가로 막았다.

마승을 비롯해 마존, 유상호가 햇살을 반사하고 있었고, 머리가 검은 이는 철운영과 곽정 둘뿐이었다.

"이것들이, 개나 소나 다 머리를 밀고 다니네. 그렇게 하고 다니면 광풍이란 놈이라도 되는 줄 아나?"

광풍의 인기는 매우 높았고, 덕분에 많은 가짜 광풍이 생겨났다.

이렇게 말하는 이도 머리를 밀고 있었고, 마중 나온 이들 중에서 대여섯 명도 마찬가지였다.

그들의 불행은 마존이 말을 섞고 싶은 생각이 없다는 데 있었다.

퍽!

눈살을 찌푸리던 놈이 마존의 발차기에 공중으로 붕 떠올랐다.

그 몸을 향해 다시 발을 놀리는 마존.

마존에게 얻어맞은 이가 앞으로 쏟아지면서 앞을 막고 있던 이들과 뒤엉키며 우르르 쓰러지게 만들었다.

"뭐, 뭐야?"

"뒤에 무슨 일이냐?"

"이런 쌍! 어떤 놈이야!"

넘어진 이들과 그들에게 밀린 이들이 욕을 뱉으며 뒤를 돌아봤다.

그동안에도 마존은 쓰러진 이들을 옆으로 걷어차면서 선착장을 향해 나아가고 있었다.

"이, 이놈! 쳐라!"

공격을 당하면 반격을 하는 것이 당연한 이치이리라.

하지만 반격을 한다고 성공한다는 보장은 없었다.

오히려 반격을 위해 몸을 날린 덕분에 선착장은 빠르게 비워지고 있었다.

풍덩! 풍덩!

마존에게 맞은 놈들 중에서 운이 좋은 놈은 물에 빠졌고, 그렇지 못한 놈들은 차가운 땅바닥에 온몸을 던져야 했다.

"예사 놈이 아니다!"

그제야 남은 이들이 선착장 끝에 모여서 기회를 노렸다.

날려갔던 이들 중에서 멀쩡한 놈들은 뒤에서 포위망을 구축하는 중이었지만, 왠지 그들의 눈에는 살기보다 황당함과 두려움이 깃들어 있었다.

그도 그럴 것이, 지금 마존의 눈과 몸에서 풍기는 살기는 가히 적지 않았기 때문이다.

그때 쾌속선이 선착장에 닿았고, 화려한 옷을 입은 이가 내렸다.

사십 중반으로 보이는 인물로, 얼굴에는 살아온 세월이 편하지 않았다는 것을 강조라도 하듯이 얼기설기 흉터가 가로지르고 있었다.

얼핏 본다면 얼굴에 그물이라도 씌워놨는지 알 정도였다.

"웬 놈이냐?"

굵직하면서도 무게가 느껴지는 음성이 얼굴과 조화를 이루며 뭔가 있어 보이게 만들었다.

하지만 마존은 그놈이 눈에 들어오지 않았다.

사내가 내리자마자 배가 떠나려고 했던 것이다.

"멈춰!"

선착장을 박차고 신형을 날리는 마존을 막기 위해 사내를 위시해서 모두 무기를 뽑아 들었지만, 이미 마존은 그들을 지나쳐 배 안에 내려선 상태였다.

막 배를 돌리려던 선장의 멱살을 움켜 쥔 마존.

"천익현까지 최대한 빨리."

"네? 아, 저… 이 배는 도창으로……."

쩔그렁.

마존의 품에서 전낭이 빠져나오자 선장의 눈이 변했다.

그 전낭에서 누런 황금색이 보이자 얼굴이 펴졌다.

"갑니다!"

그사이 어느새 마승 등도 배 위에 올라섰다.

마존에게 한눈이 팔린 사이 그들도 아무런 충돌 없이 몸을 날린 것이다.

"이놈들!"

선장이 배를 출발할 것을 말하는 사이 흉터로 가득한 남자가 마존 등을 향해 살기를 뿌리며 소리를 질렀다.

"왜?"

태연히 반문하는 마존을 향해 사내가 어이없다는 얼굴이 되었다.

"감히 나를 무시하다니, 곱게 보내줄 줄 아느냐!"

사내의 말에 선착장에 있던 이들이 모두 무기를 고쳐 쥐는 것이, 여차하면 배라도 침몰시킬 기세였다.

"별 잡것들이!"

마존은 길게 시간을 끌 생각이 없었다.

아직 선착장에는 다른 배가 보이지 않았다.

그러니 이 배를 놓치면 얼마나 기다려야 할지도 몰랐다.

그래서 최선의 선택을 하기로 했다.

"헉!"

빠르게 마존이 신형을 날려 돌진해 오자 사내가 들고 있던 도를 힘껏 휘둘렀다.

하지만 너무 빨랐다.

달려오던 신형을 급작스럽게 멈춘 것이다.

덕분에 도는 마존의 앞섶을 한 치 정도의 공간을 남기고 스쳐 지나갔다.

퍽!

"컥!"

마존의 발이 사내의 명치에 틀어박히고 그의 멱살을 잡는 동안, 옆에 서 있던 이들이 무기를 놀렸지만 헛수고였다.

그들의 무기가 모두 허공을 갈랐다.

어느새 사내와 함께 배에 올라탄 마존.

그러자 선장의 얼굴에 망설임이 깃들었다.

그는 지금 선착장을 점거한 이들이 누군지 알기 때문이었다.

"멈춰!"

"배를 출발시키면 가만두지 않겠다!"

고래고래 소리를 지르며 선장을 핍박하는 이들을 향해 마존이 한 일은 다른 것이 아니었다.

퍽!

마존이 날린 발에 사내의 얼굴이 돌아갔다.

허공으로 흩날리는 붉은 방울들 사이로 딱딱한 무언가도 빠른 속도로 멀어지고 있었다.

"이놈, 뭐하는 짓이냐!"

"죽고 싶냐!"

목소리는 더욱 높아졌고, 그들이 발하는 살기도 같이 상승했다.

퍽!

붉은 폭포수가 하늘로 비상했고, 하얀 무언가들도 더욱 많아졌다.

"선장."

슬며시 선장을 바라보는 것도 잊지 않았다.

그러자 선장이 수신호를 하여서 배를 출발시켰다.

악쓰는 놈들도 무서운 놈들이었지만, 눈 하나 깜짝 안 하고 사람을 쥐어 패는 마존도 어지간한 놈이 아니라는 것을 느꼈기 때문이다.

거기다 마존은 그들이 악을 쓰고 살기를 발했지만, 태연한 신색이었다.

슬슬 배가 출발하려는 기색이 보이자 선착장에 있는 이들이 무기를 들더니 던질 듯한 모습을 보였다.

그것을 본 마존이 등에 메고 있던 검을 뽑아 들더니 사내의 팔을 잡았다.

여차하면 팔을 잘라 버리겠다는 것이 아니고 무엇이겠는가?

"너, 내가 누군지 알고, 으음… 이러는 것이냐?"

"관심없어."

사내는 힘겹게 말을 꺼냈지만 마존은 시큰둥했다.

서서히 배가 선착장에서 멀어지자 그곳에 남아 있던 사내의 부하들도 덩달아 바빠졌다.

자신들의 상관이 인질로 잡혀 있는 상황에서 함부로 움직일 수 없었던 것이다.

그리고 하는 꼴을 보아하니 진짜 팔을 자를 놈이었다.

서둘러 배를 수배하느라 분주하게 움직였다.

"화 대협, 이제 팔을 놓아주시지요."

마승이 앞으로 나서며 말을 했지만, 여전히 사내의 팔을 잡고서 검을 들이대고 있는 마존이었다.

“화 대협?”

“이 무리의 수장은 나다.”

뜬금없는 소리였지만 마승은 순순히 대답했다.

“물론입니다.”

“그러니 앞으로 내가 하는 일에 대해서 토 달지 마. 그렇게 하지 않겠다면 아예 지금 이 배에서 내려라.”

“…….”

두 사람의 대화를 듣고 있는 철운영은 의아함을 느꼈다.

처음을 제외하고는 자신들과 있으면서 예의를 다하려고 노력했던 마존이었기에 마승에게 함부로 말을 하는 것을 이해할 수 없었던 것이다.

마승은 나이를 떠나서 원로로 대접을 받는 것이 정상이었다.

그가 소림에서 차지하는 위치로 볼 때 당연한 것이었다.

그런데 마존은 완전히 마승을 무시하고 있었기 때문이다.

“물론 당신을 수장으로 인정하오. 하지만 사리에 맞는 행동을 하기 바라오.”

“사리에 맞는 행동?”

“그렇소이다. 따지고 보면 우리가 잘못한 것이 아니오? 그런데 어찌 아직도 그분을 핍박하고 있는 것이오?”

“핍박이라?”

마승의 말을 들은 마존이 눈을 내리깔아서 거만한 표정을 짓고 있는 이를 바라보았다.

"네놈은 누구냐?"

"내가 바로 혈문의 부문주다!"

아주 자랑스럽게 말하는 사내였다.

그 말에 철운영이 이마를 쳤다.

"흑사신 여명진?"

"흐흐흐흐, 개방의 어린놈이 귀가 밝구나."

흑사신 여명진은 이름있는 사파의 고수였다.

그렇다고 중원에 널리 퍼질 정도의 인물은 아니었다.

그런 그가 이름을 날린 것은 혈문이 만들어지고 나서였다.

혈문의 문주가 그의 사부이자 장인인 구살도 장익환이었기 때문이다.

"알았으면 어서 혈도를 풀어라!"

아주 당당하게 외치는 그의 모습은 풀지 않을 수 없으리란 확고한 믿음을 가지고 있는 것 같았다.

"저… 숙부님."

"왜?"

여명진의 신원을 확인한 철운영이 곤란한 얼굴을 하고 있었다.

"무림맹에서는 혈문과 동맹을 맺으려 하고 있습니다."

철운영이 곤란해하는 이유가 바로 이것이었다.

아미가 초토화된 후 무림맹에서는 정사를 떠나서 협력해야 한다는 전갈을 보냈던 것이다.

혈문과 녹림, 만마성도 마찬가지였으며, 그들에게 협조를 요청하는 사신을 보내기로 했었다.

그만큼 아미의 멸문은 무림맹과 소림을 동요시켰다.

멸문당한 것이 중요한 것이 아니라 그 시간이 문제였다.

하룻밤도 걸리지 않았기 때문이다.

그 와중에 드러난 혈마강시의 위용은 간신히 살아난 이의 입을 통해서 알려졌다.

구대문파에 속한 아미의 몰락은 많은 이들에게 경종을 울렸다.

비록 구대문파에서도 후미에 위치하고, 아무리 기습이었다고는 해도 그렇게 속절없이 무너질 곳은 아니었으니까.

아직 사황성에서 발표를 하지 않았지만, 두 가지 중 하나를 선택하게 하리라.

복종 아니면 죽음.

소림과 무림맹은 최대한 무림의 힘을 한곳으로 모으고자 노력하고 있었다.

이제 이렇게 되면 무림의 방파들은 두 세력 중 하나를 선택하는 것을 강요받게 되리라.

무림맹과 사황성.

중립을 지키고자 하는 이들도 나올 것이지만, 그 상태로 마냥 있기에는 쉽지 않을 것이다.

사황성은 그 행보를 짐작하기 힘들었고, 정사가 망라된 집합체도 잠재적인 위협으로 남은 곳을 뒤에 두고 사황성과 싸우기 싫을 것이기 때문이다.

그리고 어느 한쪽의 승리로 전쟁이 끝난다면 중립이라는 위치를 지킨 것에 대한 대가를 받을 수도 있었다.

물론 잘 버텨서 두 세력의 싸움이 절정에 달했을 때, 많은 이득을 보면서 어느 한쪽으로 들어갈 수도 있었지만, 그때까지 살아남는다는 보장이 없었다.

"이제 알았나?"

여명진이 득의의 미소를 지었다.

"겨우 혈문 따위와?"

마존이 이해가 가지 않는다는 표정으로 말을 하자 여명진의 얼굴에는 분노가, 마승과 철운영의 얼굴에는 답답함이 떠올랐다.

"현재는 정보가 가장 중요합니다. 개방이 있더라도 강남은 하오문과 혈문이 거의 정보를 쥐고 있는 상태입니다. 지금이 평화 시라면 하오문에서 정보를 얻는 것이 빠르겠지만, 전시에는 문도들의 특성상 혈문에서 정보를 얻는 것이 정확하고 빠릅니다."

혈문은 뒷골목의 왈패들과 살수, 도적, 도굴꾼 등 음지에서 일하는 이들의 집합체였다.

기루나 객점 등 하층민으로 이루어진 하오문은 현재 상황에서 수집할 수 있는 정보에 한계가 있는 것이다.

"크크크크, 지금 대책을 세우는 것인가? 그러나 늦었다. 우리가 무림맹과 동맹을 맺는 조건에 무조건 네놈을 인계하라는 것이 들어갈 것이니까. 그때 이 수모는 반드시 갚아주마!"

여명진의 말을 들은 마존이 그를 들어 올렸다.

눈과 눈이 마주치자 또 이죽거리려던 여명진의 입이 딱 닫혔다.

이글거리는 마존의 눈 깊은 곳에서 숫아오르는 살기를 느꼈기 때문이다.

"뭐라고?"

마존의 말에 감히 눈도 못 마주치고는 철운영에게로 시선을 돌렸다.

"너, 너는 개방도가 아니냐!"

여명진은 현 상황을 잘 이해하고 있었고, 혈문이 가지는 무게가 그 어느 때보다 크다는 것을 알고 있었다.

자신이 알고 있는 것을 개방도가 모르리라 생각하지 않았다.

"숙부님!"

마존에게서 풍기는 위험한 냄새를 그도 맡았음인가?

마존을 부르는 철운영의 음성에 미약한 떨림이 들어 있었다.

"잘 들어."

마존은 철운영의 목소리가 들리지 않는 듯 행동했다.

"네놈이 누군지, 어떤 위치에 있는지 상관없다. 둘 중에 하나만 골라라. 일행에 합류하겠느냐, 아니면 죽겠느냐?"

나직한 목소리였지만, 그 속에 들어 있는 내용은 여명진에게 있어서 황당한 것이었다.

'이놈은 뭔가?

잠시 생각할 시간이 주어지자 찬찬히 마존을 살피기 시작했
다.

'대머리에 거대한 검? 거기다 개방도가 숙부라 부르고?'

여기 오기 전에 들었던 내용이 떠올랐다.

"화무정?"

여명진의 혼잣말에 누구도 대답을 하지 않았지만 알 수 있
었다.

이놈이 진짜 화무정이란 것을.

하지만 더 이상 생각을 이어갈 수 없었다.

어느새 마존의 손에 들린 검이 빠르게 내려오고 있었기 때
문이다.

그 검에 실린 기세나 마존의 표정에서 단순히 겁만 주는 것
이 아니란 것을 안 여명진이 다급하게 고함을 질렀다.

"합류하겠다!"

주르륵.

검이 머리와 맞닿은 곳에서 멈췄고, 그 자리에서 피가 방울
져 흘러내리고 있었다.

여명진이 고함을 지르자 그를 한쪽 구석으로 던져 버린 마
존이 신형을 뒤로 돌렸다.

그러자 마승이 곤혹스런 얼굴로 마존을 바라보고 있었다.

사실 여명진은 피를 보지 않을 수도 있었다.

마존이 검을 내려칠 당시 마승이 빠르게 움직여 마존의 손
을 잡는 바람에 미묘한 힘이 가해져 피를 보게 된 것이었다.

마존이 멈추자 재빨리 손을 치웠지만, 마존의 행사를 방해하려고 했다는 사실이 없어지진 않았다.

"경고했을 텐데?"

마존이 마승을 바라보는 눈길이 곱지 않았다.

"아버지, 이만 하시는 것이……."

여명진의 합류는 의외의 사건이었지만 환영할 만한 일이었다.

여기서 멈춰야 했다.

마승과 문제를 일으킬 필요는 없다는 말이었다.

철운영도 어느새 마존의 옷깃을 잡고 있었다.

"숙부님……."

유상호와 철운영이 말리지 않아도 더 이상 일을 벌일 생각은 없었다.

"마지막 경고다. 내 일에 나서지 마."

마승에게 말을 한 마존이 걸음을 옮겨 쓰러져 있는 여명진에게로 다가갔다.

혈도가 제압되어 있었기에 팽개쳐진 그대로 구겨져 있었다.

"어디 가는 길이었지?"

"무림맹과 동맹을 한다는 문서에 서명을 하러 가는 길이었다."

그 말을 들은 유상호, 철운영, 마승은 고개를 끄덕였다.

말뜻을 알아들은 것이다.

"왜?"

마존이 다시 질문을 하자 여명진은 자신을 조롱한다고 생각
했다.

분명 그도 세 사람이 고개를 끄덕이는 것을 봤기 때문이다.

무리의 우두머리 노릇을 하는 마존이 자신이 말한 바를 모
르리라고는 생각지 않았다.

그러기에는 마존이 보여준 무위와 기세가 예사롭지 않았다.

절대 무식하게 보이지 않았다는 말이다.

"나를 놀리는 것이냐!"

"응?"

마존은 마존대로 황당했다.

이유를 물어본 것뿐인데 갑자기 역정을 내니 어찌 그렇지
않겠는가?

"뭘?"

"이미 같이 가기로 했는데도 나를 이렇게 업신여기다니!"

"이놈이 갑자기 뭘 잘못 처먹었나, 왜 지랄……."

그때 유상호가 전음을 보냈다.

"아버님, 그놈이 말한 뜻은 동맹에 서명을 함으로써 무림에
서 인정을 받기 위해 간다는 뜻이었습니다."

"뭐?"

"좋은 기회잖습니까. 무림에서 무림맹과 동맹 서약을 하는
이가 몇이나 있겠습니까? 아마도 이대로 갔다면 단숨에 무림
의 유명인사가 되었을 것입니다."

그제야 이해를 했다.

“그냥 그렇다고 말하면 되지, 왜 성질이야? 지 성질 드럽다고 광고하는 것도 아니고.”

“뭐라고!”

“아, 아. 알아들었으니까 넘어가고. 넌 선착장에 도착하자마자 부하들에게 우리와 같이 가게 되었다고 말하고, 아미에서 탈출한 이들 중에서 운남 방향으로 움직인 이들의 정보가 있는지, 아니면 그 방향으로 움직인 사황성의 무리가 있는지 가장 빠른 시간에 보고하도록 지시해라. 알겠지?”

“어떻게 알았지?”

“아까 우리 위를 날아간 매 한 마리를 봤다. 그놈 다리에 전서통이 매달려 있던데, 그것 네놈들 것 맞지?”

“……”

“가장 빠른 시간이라고 했다. 만일 일부러 시간을 끌거나 나를 골탕 먹일 생각이라면 네놈의 사지를 모두 자른 후에 뒷간에 던져 버리겠다. 내 말이 거짓말 같으면 시험해 보든가.”

태연하게 말하는 마존이었지만 여명진은 그것을 대수롭게 생각할 수 없었다.

마존의 얼굴은 전혀 웃고 있지 않았고, 눈은 작은 틈사이로 광채를 뿜어내고 있었기 때문이다.

“아, 알았다. 그럼 혈도를…….”

그 말에 마존이 여명진의 몸을 두어 군데 두들겼다.

“약간의 금제를 해놨다.”

“금제?”

혈도가 풀리자 몸을 일으키던 여명진이 인상을 구겼다.

"그럼 내가 너 같은 놈을 뭘 믿고 그냥 풀어주리라 생각했냐?"

말을 하면서 뒤로 돌아서는 마존을 보는 여명진의 머리는 혼란스러웠다.

마존에 대해서 도무지 파악을 할 수 없었기 때문이다.

상대를 하려면 일단 알아야 하는데, 당최 종잡을 수 없는 놈이었다.

'분명 내가 말한 뜻을 이해하지 못한 것 같았다. 같이 있는 놈 중에서 누군가가 전음으로 가르쳐 줬겠지. 그걸 보면 무식한 놈 같은데, 지금과 같은 행동을 하는 것을 보면 또 다른 모습이다. 거기다 내가 손도 써보지 못하고 당할 정도의 무공도……!'

여명진이 마존에게 너무도 쉽게 제압을 당해서 그렇지 그의 무공은 녹록하지 않았다.

최소한 지금 일행 중에서 철운영을 이길 정도는 되는 것이다.

'어떤 놈이지?

지금까지 정파와 어울리던 놈이었다.

진가장 이전의 행적은 알 수 없었지만, 분명 정파로 보이는 인물이었다.

그러나 지금 하는 행태를 보자면 이건 완전히 뒷골목에서 구르던 놈이지 않는가.

'이놈들의 정체가 뭘까?

거지에 민대머리 셋, 조금 멀쩡해 보이는 놈 하나.

그 민대머리 중에서 지금 자신을 협박한 놈을 제외하고도 두 놈은 또 다른 맛이 있었다.

하나는 하는 짓거리로 봐서 정파의 인물 같았고, 하나는 인상이 더러운 것이 협박한 놈과 같은 부류 같았다.

여명진의 시선이 곽정에게로 돌려졌다.

'저놈은 또 뭐 하는 놈일까?'

시종일관 방관자처럼 마존이 하는 행동을 보고만 있는 그였다.

'쉽지 않겠군.'

여명진은 앞으로도 계속 마존에게 끌려 다니고 싶은 생각이 없었다.

그리고 자신에게 시킨 것을 생각해 보면 분명 사천으로 들어갈 생각인 것 같았다.

사지가 분명해 보이는 곳으로 가고 싶은 생각은 없었다.

어떻게든 사천에 들어가기 전에 이들 무리에서 떨어져야 하는 것이다.

자칫 이대로 이들과 같이 사천에 들어가서 사황성의 무리와 싸우게 된다면 혈문은 완전히 정파와 의기투합한 것으로 낙인 찍힐 것이다.

그것은 그들의 계획과 어긋나는 일이었다.

지금과 같은 불확실한 상황에 어찌 한 곳에만 줄을 댈 수 있겠는가?

그래서 서명을 하는 것이 자신이어야 했다.

그리고 사부이자 문주는 사황성과 줄을 댈 생각이었다.

'최대한 호남을 벗어나기 전에 놈들의 손아귀에서 벗어나야 한다. 그것도 아니라면 중경에서 매듭을 지어야지. 이대로 가다간 사천으로 가는 것을 막지 못할 것이다.'

그 사이에서 줄타기만 잘하면 나중에 어느 곳이 이겨도 혈문은 그 존재를 이어갈 수 있을 것이었다.

마존 등을 훑어보며 머리를 열심히 굴리고 있는 여명진을 보면서 곽정이 속으로 혀를 찼다.

'쯧쯧, 그러다 골병 들지.'

눈을 빠르게 움직이는 여명진을 보면서 뭔가 궁리하고 있다는 것을 눈치 채고 있는 곽정이었다.

그는 여명진은 잘 모르지만 마존은 어느 정도 아는 상태였다.

그가 보기에 여명진은 마존에게 상대가 되지 않았다.

'자고로 무식한 놈은 힘으로 누르는 법인데……'

여명진에게는 그만한 힘이 있어 보이지 않았다.

그렇다면 남은 것은 세 치 혀인데, 그것으로는 절대 마존을 움직일 수 없었다.

'뭐가 통해야 말발이 서지.'

여명진의 고생고가 눈에 보이는 것 같은 곽정이었다.

第七章
할 줄 아는 것과 할 수 있는 것

慶苔 미존유랑기 海流記

　포양호를 건너자 마존의 말대로 혈문의 무사들이 진을 치고 있었다.

　생긴 것보다 더 험한 무기들을 들고 있었는데, 검이 귀여워 보일 정도였다.

　철가시를 박은 낭아봉은 애교였고, 날이 톱니처럼 생긴 도는 맹수가 웃음 짓는 것 같았다.

　그 외에도 가지각색으로 이상한 형태의 무기를 만들어 지니고들 있었다.

　이런 것들은 뒷골목에서 상당히 유용한 자세였다.

　잔인해 보이는 무기의 형태와 험상궂은 얼굴.

　처음 보면 뭔가 있어 보였기 때문이다.

"뭐 하냐?"

선착장에 있는 수하들을 보면서 약간 용기가 솟은 여명진이었지만, 옆에 서면서 나직이 말하는 마존 때문에 올라가던 용기가 수직으로 급강하했다.

"안 가?"

아무런 말이 없자 마존이 다시 재촉했다.

"가, 간다."

말을 하는 모양새가 약간 어눌하다.

그도 그럴 것이, 여명진의 얼굴은 현재 정상이 아니었기 때문이다.

퉁퉁 부어오른 얼굴은 그가 처음 배를 탔을 때와 같은 인물이었는지 헷갈리게 하고 있었다.

"수작을 부린다면 진짜 죽인다."

살기가 스멀스멀 기어나오는 마존의 말에 여명진이 진저리를 쳤다.

배를 떠나고 일각이 지날 무렵부터 부풀어 오른 얼굴은 현재 거의 두 배로 보이게 만들었다.

'빌어먹을! 도대체 무슨 조화를 부린 것인가?'

짐작도 되지 않았다.

얼굴에 가득한 흉터만큼이나 많은 상처를 입은 그였지만, 이런 경험은 처음이었다.

시작은 배가 출발한 지 일각이 지날 무렵이었다.

몇 대 맞은 것도 없는 얼굴이 점점 부풀어 올랐던 것이다.

그것을 가장 먼저 발견한 것은 마승이었다.

"음……."

마승을 필두로 곽정과 철운영이 호기심 어린 눈으로 여명진을 바라봤다.

"왜, 왜 그러느냐?"

묘한 눈길로 자신을 바라보는 이들 때문에 긴장한 것은 당연했다.

그 눈에 담긴 뜻을 읽을 수가 없었기 때문이다.

"안 아프시오?"

"무, 무슨 소리냐?"

차마 손을 대지는 못하고 있었지만, 얼굴 가득 만지고 싶다는 욕망이 꿈틀거리고 있었다.

"여기."

곽정이 검신을 여명진의 눈앞에 들이댔다.

처음엔 흠칫했지만, 해치려 하는 것이 아닌 것을 알고 반짝이는 검신을 바라보았다.

"응?"

놀라는 것이 당연했다.

검신에 비친 자신의 얼굴이 완전히 커다란 만두처럼 흉물스럽게 부풀어 올라 있었기 때문이다.

"무슨 짓을 한 거냐!"

화가 나서 마존에게 달려들던 여명진이 마존이 내지른 발에 복부를 맞고 그 자리에 쓰러졌다.

어떻게 공격을 한 것인지 보지도 못했다.

심지어 마존과의 거리는 반 장 가까이 떨어져 있었건만, 어느새 나가떨어진 건 자신이었다.

"엉덩이도 똑같이 만들어줄까?"

그 한마디에 얌전히 물러설 수밖에 없었다.

그 모습을 보던 유상호가 음침한 미소를 지었는데, 아직 다 끝난 것이 아니기 때문이었다.

'크크크크, 조금만 더 있어봐라. 아직은 아픔이 없지만……'

유상호는 이 벌이 얼마나 끔찍한 것인지 알고 있었다.

처음에는 부어오르기만 하다가 나중에는 건드리기만 해도 몸서리쳐질 고통이 엄습하는 것이다.

예전에 엉덩이를 맞고 달리 사흘이나 엎드려 있었던 것이 아니었다.

여명진이 무심코 얼굴에 손을 댔다가 화들짝 놀랐다.

"크윽!"

마치 얼굴 전체를 개미가 파 먹어가는 듯한 고통은 견디기 힘들 정도였다.

"낫는 것이겠지?"

"그거야 네가 하기 나름이지. 소식이 빨리 오면 올수록 고통의 시간은 줄어들 것이다."

배가 정박할 필요는 없었다.

일행들 모두가 오 장 정도는 가뿐하게 뛸 무공은 지니고 있었기에.

여명진을 위시해서 일행이 선착장에 내려서자 혈문 무사들이 포위망을 풀지 않은 채 뒤로 약간 물러났다.

"부… 문주님?"

확신이 서지 않는다는 눈빛으로 말하는 오십 줄의 늙은이가 여명진을 훑어보았다.

"뭘 훑어봐?"

늙은이에 매서운 눈빛을 보내려고 했지만, 부풀어 오른 볼때기가 눈을 짓눌러 그것도 쉽지 않았다.

"내 말 잘 들어라…….."

마존이 명한 것을 전달한 여명진이 자신의 증상에 대해서도 설명을 곁들였다.

"최대한 빨리 말한 것들을 조사해서 나에게 보내주도록. 그리고 내 상태를 치료할 수 있는지에 대해서는 간결하게 끝에 적어."

"알겠습니다. 그나저나 괜찮으시겠습니까? 차라리 소림이나 무림맹에 지금의 사태를 따지는 것이…….."

여명진도 그렇게 하고 싶었다.

하지만…….

"누군 그러고 싶지 않아서 이러는 줄 알아! 저 악귀 같은 놈은 그따위 것 신경도 쓰지 않고 내 목을 날려 버릴 놈이란 말이다!"

민대머리 중에 마승이 있다는 소리를 듣고 얼마나 놀랐던가.

물론 마승인지 아닌지 알 수는 없었지만, 허튼소리로 들리지 않았다.

그 대상이 바로 개방의 철운영이었기 때문이다.

개방의 차세대 후기지수라는 철운영에 대해서는 그도 잘 알고 있었다.

그런 그가 무엇 때문에 거짓을 말하겠는가.

그것은 일종의 경고였다.

마승도 함부로 하지 못할 인물이 마존이란 것을.

철운영이 이것을 밝힌 것은 쓸데없는 마찰을 줄이고 여명진에게서 정보를 빠르게 얻기 위함이었다.

어찌 되었든 여명진이 나서면 철혜화를 찾는 것이 더 수월할 것이니까.

"아무튼 이 일행에 내가 끼고 싶어서 꼈다고 말해! 만일 내가 납치라도 당했다고 소문이 나면 지금 당장은 어떻게 될지 알 수 없을뿐더러, 그게 무슨 창피냔 말이냐?"

무림맹과의 동맹 서약으로 화려하게 등장해야 할 자신이 백주 대낮에 얻어터져서 납치당했다는 것으로 세간에 이름이 날 상황이었다.

그것은 피해야 했다.

나이라도 적으면 모를 텐데, 지금 그런 소문이 돌았다가는 죽을 때까지 뒤에서 손가락질하는 것을 느껴야 하리라.

"가자!"

마존은 여명진이 한가하게 전음을 주고받으며 수하와 노닥거리는 것을 놔둘 성격이 아니었다.

마치 여명진이 쫓아올 것을 확신이라도 하는 것처럼 몸을 날렸다.

아직 어떠한 언질도 받지 못한 혈문의 무사들이 무기를 고쳐 쥐었다.

"비켜! 막지 말란 말이다, 이 개새끼들아! 안 비켜!"

막 마존에게 무기를 들려던 수하에게 살기를 실어서 고함을 친 여명진이 황급히 마존의 뒤에 따라붙었다.

우르르 물러나며 길을 튼 혈문 무사들 사이를 빠른 속도로 이동하는 마존이었다.

"오리무중이다?"

덜커덩거리는 마차 안에서 마존이 여명진으로부터 보고를 받고 있었다.

"그렇다."

여명진의 손에 들린 전서에는 현재 사천의 상황이 기록되어 있었는데, 아수라장이 따로 없었다.

"무사히 사황성의 마수를 빠져나간 이들은 대부분 북쪽이나 동쪽으로 피한 이들뿐이다. 남쪽으로 도망친 이들은 대부분 죽거나 사로잡혔다고 되어 있다."

아미는 여승들의 문파였다.

그들은 사로잡히느니 차라리 죽는 것이 더 좋을 것이었다.

현재 사황성을 따르고자 모인 이들은 대부분이 무림맹에 수배를 받고 있거나 관부에 쫓기는 인물들이었다.

그런 이들에게 아리따운 여승이 잡히면 어떻게 되겠는가?

"그 청명이란 법명을 가진 여승이 잡혔다는 소식은 없는 것으로 보면 아직 잡히지 않은 모양이다."

청명, 즉 철혜화는 무림에 이름이 알려진 후기지수였다.

그런 이를 잡았다면 분명 소문이 날 것이었다.

그녀를 잡았다는 것은 공을 세웠다는 것이니 자진해서라도 주위에 떠벌리리라.

"남쪽이 소란스럽다는 것은 아직 도망자가 있다는 것이니 그들 중에 있을 가능성이 있다."

"음……."

마존이 눈을 감자 여명진도 전서를 품에 넣고는 운공에 들었다.

가히 살인적인 이동에 그도 많이 지쳐 있었다.

지쳐 쓰러질 때까지 달리고, 그 후에는 마차로 이동을 하며 휴식을 취했다.

먹는 것과 잠자는 것을 모두 마차에서 해결하였기에 그들이 멈출 때는 쌀 때뿐이었다.

그것 때문에 여명진이 구박을 받기도 했는데, 무공 고수답지 않게 변비가 있었던 것이다.

‘지저분한 놈!’

싸고 있는 자신에게 검을 들이대며 빨리 안 싸면 찢어주겠다고 협박한 마존이 곱게 보일 리 만무했다.

어차피 곱게 보지 않았지만, 그 이후로는 더욱 치가 떨렸다.

그 눈빛은 진짜 찢어서라도 꺼내주겠다는 것을 노골적으로 드러내고 있었으니까.

‘내가 얼마나 예민한데…….’

얼굴이나 가지고 있는 직함에 어울리지 않게 여명진은 누가 보는 곳에서는 볼일을 보지 못했다.

심지어는 시끄러운 곳에서도 볼일을 볼 수 없었다.

큰 것만 그런 것이 아니고 작은 것도 마찬가지였다.

아늑하고 조용한 분위기가 조성되어야지만 시원하게 발출시킬 수 있었던 것이다.

갖은 약을 먹고, 운동을 해도 나아지지 않았다.

의원들을 찾아다니던 그에게 돌아온 것은 심리적인 이유라는 대답뿐이었다

어린 시절이나 살아오면서 경험한 무엇이 그를 그렇게 만들었다는 것이다.

그러던 여명진이 이제는 마존이 눈빛만 보내도 알아서 줄줄 쏟아냈다.

아무리 심리적인 것이라도 협박과 공갈, 목숨의 위협, 그리고 현실적으로 몸에 타격을 가하는 폭력 앞에서는 무력한 것인가 보다.

‘이거 이대로 가다가는 꼼짝없이 사천까지 가겠는걸.’

탈출 시도는 고사하고 말도 제대로 나눌 기회가 없었다.

눈뜨면 달리고, 눈감으면 어둠을 느낄 새도 없이 또 달려야 되는 상황이었다.

‘이럴 때가 아니지.’

한가하게 생각이나 하고 있을 때가 아니었다.

빨리 운공조식을 통해서 몸을 제대로 만들지 못하면 지난번과 같이 질질 끌려갈지도 몰랐기 때문이다.

포양호를 출발한 지 이틀이 될 무렵 체력에서 한계를 드러낸 것은 가장 어린 철운영이 아니라 바로 여명진이었다.

그동안 좀 방탕한 생활을 했다고 몸이 말을 듣지 않았다.

그렇게 쓰러지는 여명진에게 마존은 아주 냉정했다.

“일어나지 않으면 끌고 간다.”

그 말을 듣고도 움직일 수 없을 만큼 여명진은 지쳐 있었고, 설마 진짜 끌고 가겠냐는 생각도 있었다.

하지만 마존을 몰라도 한참 몰랐던 그의 실수였다.

엎어진 그의 다리를 잡더니 그대로 내달렸던 것이다.

그때만 생각하면 진짜 죽고 싶을 만큼 비참했다.

산골짜기를 달린 것도 아니었고, 사람들이 지나다니는 대로를 그렇게 내달렸으니 말이다.

덕분에 마음도 상처를 입었을 뿐만 아니라, 뒤통수는 물론이고 등허리도 온통 까질 수밖에 없었다.

그런 생활이 열흘을 넘어갈 무렵부터 더는 끌려 다니지 않을 수 있었다.

독이 오른 이유도 있었지만, 마존과 움직이면서 몸이 예전의 펄펄하던 시절로 돌아갔기 때문이었다.

물론 정신적으로나 육체적으로 피곤은 쌓였지만, 그에 비례해서 몸은 방탕하던 시절의 때를 말끔히 씻어버렸다.

덕지덕지 붙어 있던 군살은 쪽 빠지고 근육만 남았다.

솔직히 여명진은 오랜만에 몸이 가볍다는 생각까지 들었다.

그렇지만 마존에게 고마운 생각은 절대 들지 않았다.

얼굴의 붓기는 이미 예전에 빠졌지만, 금제를 해두었다는 생각은 없어지지 않았다.

무슨 금제를 했을까 고민한 적도 있었지만, 아무리 둘러봐도 몸엔 이상이 없었다.

그럴수록 불안함은 더욱 커졌다.

차라리 무슨 증상이라도 있으면 그것을 바탕으로 추측이라도 해보련만, 아무런 증상이 없으니 불안한 것이다.

그러던 것도 오 일이 지날 무렵부터는 희미해졌다.

그런 생각을 할 시간도 없었던 것이다.

히히히히힝~

말 울음소리가 들리고 마차가 정지했다.

자동적으로 눈을 뜨는 사람들.

이제는 달릴 시간이 된 것이다.

‘지독한 놈!’

먼저 문을 열고 나서는 마존을 보면서 여명진은 감탄과 동시에 체념할 수밖에 없었다.

어찌 된 놈이 그렇게 강행군을 하면서도 틈을 보이지 않았던 것이다.

항상 자신보다 늦게 운공에 들었고, 자신보다 먼저 운공에서 깨어났다.

그러면서도 가장 쌩쌩한 놈이 바로 마존이었다.

“가자!”

달리는 마존의 발에 힘이 더해졌다.

이제 얼마 남지 않았기 때문이다.

어찌어찌 달려온 것이 벌써 중경을 지나고 있었다.

조금만 더 가면 사천 남부, 즉 사황성 놈들의 세력이었다.

현재·무림맹은 단결이 잘되고 있지 않았다.

사천의 두 마리 호랑이인 당문과 청성이 주력을 빼지 않았고, 그 주위에 있는 화산, 종남, 공동도 무림맹에 합류하기 보다는 당문과 청성이 있는 곳으로 제자들을 보내는 실정이었다.

무림맹도 그들의 입장은 이해를 하였다.

주력을 빼면 언제 사황성의 이름하에 몰려든 이들이 달려들지 모르는 상황이었으니까.

다행이라면 아미를 멸문시킨 사황성이 얌전히 있다는 것이었고, 날뛰는 것들 대부분이 사황성에 줄을 대기 위해 몰려든 놈들뿐이라는 것이었다.

다만 그들의 수가 좀 많았다.

관은 미온적인 대처를 할 뿐이었고, 군은 침묵했다.

정파에서도 군에 협조를 요청할 시기는 아니었다.

그 대가가 만만치 않을 것이었으니까.

"아직도냐?"

마존의 물음에 여명진은 기가 찼다.

아직 무림맹도 알지 못하는 정보들을 속속 가르쳐 주고 있었건만, 마존은 닦달만 하고 있었기 때문이다.

"이 정도 알아내는 것도 우리이기 때문에 가능한 것이다. 더 이상 어떻게 하라고!"

사천을 코앞에 두고서 마존의 신경은 곤두서 있었다.

적진에 들어가기 앞서 휴식을 취하는 의미로 들어온 객점에서 어디어디에서 아미의 여승들이 떼죽음을 당했네, 누가 누구를 잡아서 실컷 재미를 봤다네 하는 얘기가 들려왔기 때문이다.

그런 얘기를 들었으니 철운영이나 마존이 애가 타는 것은 당연하였다.

"자, 자. 진정하시지요. 아무튼 그 청명이란 분은 잡히지 않은 것 같다고요?"

"흠, 흠. 그렇소이다."

마승이 슬며시 여명진의 옷깃을 잡으며 뒤로 물렀다.

여명진도 소리를 지른 상태에서 약간 후회가 되었기에 그 손길을 거부하지 않았다.

"누누이 얘기했지만, 그 정도의 지위를 가진 이를 잡았다면 사황성에 잘 보이기 위해서라도 분명 떠벌렸을 것이외다. 하지만 아직까지 그런 소리는 들리지 않고 있소이다."

"그럼, 그 수상한 움직임이란 것이……."

"가장 가능성이 높은 곳이오. 현재 사천에 남아 있는 아미승들은 거의 없고, 지위가 높은 이들도 모두 죽거나 빠져나간 상태요. 그런 상황에서 유일하게 분주히 움직이는 곳이 바로 그곳이오. 그렇다면 분명 뭔가 그들의 구미를 당기는 것이 있다는 것이 아니겠소?"

"그렇군요."

"그래? 그럼 지금 당장 간다."

마존이 일어서자 철운영도 따라 일어섰다.

하지만 유상호와 마승, 곽정은 움직일 생각을 하지 않고 있었다.

"뭐 하는 거야!"

"잠시만 기다리십시오. 이대로 간다 해도 그들과 마주칠 가능성은 거의 없습니다. 그리고 시간 내에 도착한다는 보장도 없구요."

"지금까지 잘 피해 다녔지 않느냐?"

"그렇지요. 잘 피해 다녔지요. 그럼 우리가 그 흔적을 발견할 수 있을까요? 만일 우리가 발견할 정도의 흔적이라면 그동안 뒤지고 다녔던 놈들이 발견하지 못했다는 것이 말이 안 됩니다."

"으음……."

곽정의 말에 모두가 고개를 끄덕였다.

"자칫 우리가 설치고 다니는 동안에 그분이 더 위험한 상황에 놓이게 될 수 있다는 말입니다."

"그럼 어떻게 하자는 거야?"

"이렇게 하면 어떻겠습니까?"

"말해봐."

"지금 사천에 있는 놈들은 사황성에 잘 보이기 위해 물불을 가리지 않습니다. 그렇지만 대놓고 당문이나 청성에 쳐들어갈 용기나 실력은 없지요. 그렇기에 아미승들을 사냥했던 것이고요."

"그래서?"

"놈들에게 공을 세울 기회를 주면 됩니다."

"공을?"

"예. 당문이나 청성보다는 잡기 쉽고, 아미승들보다는 가치가 높은 먹이를 던져 주면 모두의 시선이 쏠리지 않겠습니까?"

"먹이?"

"예. 우리가 바로 그 먹이가 되는 겁니다. 사천에 들어서면서부터 놈들을 닥치는 대로 쳐부수는 것이지요. 여기서 조심해야 할 것은 처음부터 너무 세게 나가면 안 된다는 것입니다.

일단 열 명을 쳐부수되 그 이상은 도망치는 겁니다. 그럼 놈들은 우리의 전력을 그 정도 선에서 짐작할 것입니다. 물론 처음에는 신경도 쓰지 않겠지요. 하지만 그 피해가 누적되거나 사황성의 인물을 직접 공격하면 어떻게 될까요? 분명 사황성 놈들이 우리를 잡으라고 지시를 내릴 것입니다. 그렇게 시선을 끌면서 운남 쪽으로 이동을 한다면 그쪽에서 청명 스님을 잡으려는 놈들도 우리에게 달려올 것입니다. 놈들의 목적은 여체가 아니라 공을 세우는 것이니까요. 꼭꼭 숨어 있는 그분보다는 드러난 우리가 훨씬 먹음직스럽게 보일 것입니다."

아주 좋은 생각 같았다.

"그렇게 하자."

마존이 대답하자 나머지 인물들도 고개를 끄덕였다.

하지만 이들은 이 말을 한 곽정을 죽이고 싶다는 생각을 하게 되리란 것을 몰랐다.

"달려!"

말하지 않아도 이미 열심히 달리고 있었다.

마존 등이 쫓기는 이유는 간단했다.

적이 더 강했고 많았기 때문이다.

마존을 위시해서 곽정, 유상호, 철운영, 마승, 여명진이 발에 불나도록 달리는 뒤로 새카맣게 쫓는 이들의 모습이 보였다.

무공의 고하가 분명한지 앞서 쫓는 이들은 오십여 명에 불과했지만, 뒤로는 거의 오백여 명에 육박하는 이들이 발을 재게 놀리고 있었다.

"먼저 가라!"

마존이 신형을 멈추며 유상호 등에게 외쳤다.

이미 몇 번의 경험이 있는지 달리는 이들은 뒤도 돌아보지 않았다.

조금이라도 멀리 도망가는 것이 마존을 도와주는 것임을 알고 있기 때문이었다.

"퉤! 개자식들, 해보자, 이거지?"

마존이 신형을 멈추자 이번엔 쫓는 이들이 긴장한 것인지 걸음을 늦췄다.

그러더니 실오라기 하나 걸치지 않은 여인들 여덟 명만이 앞으로 나섰다.

그녀들의 몸은 붉게 물들어 있었고, 눈에서도 붉은 안광이 줄기줄기 뻗치고 있었다.

그녀들이 나서자 나머지 인물들이 넓게 포진하며 마존을 에워싸려 했다.

그때, 당장에라도 달려들 것 같았던 마존이 잽싸게 뒤로 몸을 날렸다.

"흥! 내가 미쳤냐?"

허세.

그렇다. 마존의 지금 행동은 허세였다.

이런 허세가 통한 이면에는 이전에 먼저 여인 하나를 완전히 조각내 버린 전력이 있었기 때문이다.

일단 허세로 거리를 벌린 마존이 다시 일행을 향해 몸을 날렸다.

그러자 속았다는 것을 안 이들이 포위망을 풀고는 여인들을 앞세우고 다시 달리기 시작했다.

그사이 뒤처져 있던 오백여 명의 인물들이 바짝 쫓아왔다.

"빌어먹을 놈! 이게 좋은 계획이라고? 만일 혜화에게 무슨 일이라도 생겼다면 찢어 죽인다!"

마존 등이 이렇게 발바닥에 땀나도록 뛰는 것은 곽정의 계획 때문이었다.

"나는 그렇다 치고, 딴 놈들은 왜 가만히 있었던 거야?"

그때가 떠오르자 다시 분통이 터지는 마존이었다.

아주 그럴싸해 보이던 계획이었지만, 노리고 달려들 놈들의 질과 양을 너무 우습게본 것이 문제였다.

마존 역시도 발이 보이지 않을 정도로 놀리며 열심히 도망쳤다.

第八章
한번 죽어보자!

"헉, 헉, 헉."

모두 지쳐 있었다.

산 중턱에 자리한 동굴에 자리를 잡고 쉬는 중이었다.

"이, 이대로 가다간 잡히겠습니다."

사황성의 힘은 생각 이상이었다.

혈마강시란 것도 마존이 이전에 상대했던 놈들보다 더 단단했고, 더 빨랐다.

마존이 있으면서도 이렇게 도망칠 수밖에 없는 것은 철운영 등이 있었기 때문이다.

마존이 두세 명의 혈마강시를 막고 있는 사이 나머지 혈마강시와 무사들이 일행을 공격했기에 도망칠 수밖에 없었다.

그냥 정직하게 공격했다면 어떻게 막아낼 수도 있었겠지만 철전, 쇠침, 단검 등을 던져 댔기에 그것을 피하는 것도 일이었다.

그렇게 피하다 보면 혈마강시의 공격에 피해를 입는 것이다.

하나같이 몰골이 말이 아니었다.

여기저기 찢기고 베어진 상처들로 옷은 누더기가 되었고 간간이 피도 보였다.

마승은 혈마강시에게 등을 격중당하기도 했는데, 유상호를 보호하다가 맞은 것이었다.

그가 무위가 높았기에 망정이지 다른 이 같았으면 그것으로 명을 달리했을 정도의 타격이었다.

당시에 마승은 공격을 당한 것보다도 자신의 항마공이 통하지 않는다는 것에 더 충격을 받았다.

모든 사이한 것을 부정한다는 소림의 항마공.

무공 전반에 걸쳐 그 바탕을 이루고 있기에 사술을 쓰거나 사이한 대법으로 부활시킨 강시 같은 것들의 천적이라고 여겨져 왔던 소림의 무공이었다.

그런데 그것이 전혀 먹히지 않았다.

'어떻게 이런 일이 벌어진 것이지? 분명 사부님께서 말씀하시길, 혈마강시도 항마공의 영향을 받는다고 하셨는데…….'

강시당이 발호했을 때 혈마강시를 막은 이들 중에는 소림 마승도 있었다.

　그가 날린 무공에 혈마강시가 주춤한 틈을 타서 다른 이들이 공격을 했던 것이다.

　사부가 얘기해 준 혈마강시와 지금의 혈마강시는 차이가 있는 것 같았다.

　이렇게 마승이 혼란을 겪고 있을 때, 유상호나 곽정, 철운영, 여명진은 마존에게 감탄하고 있었다.

　적을 맞이함에 있어 선두에 서고, 후퇴를 함에 있어 후미에 선다.

　전장에서 가장 이상적으로 생각되어지는 수장의 역할을 몸소 실천하였기 때문이다.

　노련한 장수를 보는 것 같은 마존의 움직임과 그 마음에 감동한 것이다.

　이것은 마존과 싸움을 한 이들이 공통적으로 느끼는 것이었는데, 현재 만마성에서 장로 직을 하고 있는 이들이나 싸움에서 죽거나 다친 이들이 마존을 위해 몸을 아끼지 않았던 이유이기도 했다.

　제 몸을 돌보지 않고 수하를 위해 희생하는 우두머리를 어찌 좋아하지 않을 수 있겠는가.

　그들이 느끼는 감동이 크긴 했지만, 유상호만큼 크지는 않았다.

　아버지의 새로운 모습을 발견한 아들의 입장에서는 감동이 아니라 하나의 충격이었다.

　"놈들에게는 내가중수법도, 강기도 통하지 않았습니다. 숙부님처럼 단숨에 갈기갈기 찢어버릴 수 있는 힘이 있어야만 죽일 수 있는 상대입니다.”

말을 하면서 마존의 검을 힐끗거리는 철운영이었다.

또다시 마존의 검이 조화(?)를 부려 힘을 쓴 마존이었기 때문이다.

그것도 처음 사천을 들쑤시며 한 이삼백 명을 죽이고, 귀주로 넘어가서 한바탕 분란을 일으키니 나온 혈마강시였다.

그다지 큰 문제라고 생각하지 않았는지 단 한 구의 혈마강시만 왔고, 그것을 마존이 처리했다.

하지만 그 이후가 문제였다.

마존이 혈마강시를 파괴하고 나자 사황성에서 대번에 나머지 여덟 구의 혈마강시를 파견한 것이다. 그것도 삼십여 명의 정예무사와 함께.

“같이 온 놈들이 누군지 알겠냐?”

혈마강시도 문제지만 같이 온 놈들도 예사 놈들이 아니었다.

마승과 유상호만 약간 우위를 보일 뿐, 곽정이나 철운영, 여명진은 그들에게도 고전을 하여야 했다.

물론 떼거리로 덤벼서 그런 것도 있었지만, 일대일로 붙어도 만만치 않아 보이는 상대들이었다.

“잘 모르겠습니다.”

마존의 얼굴이 여명진에게 돌아갔다.

“나도 모르겠다. 볼 시간이나 있어야지.”

한가하게 얼굴을 볼 시간도 없었다.

날아오는 무기들을 쳐내는 것만으로도 버거운 판국이었다.

지친 몰골의 일행을 바라본 마존이 동굴 밖으로 시선을 돌렸다.

멀리 보이는 산등성이 뒤로 붉은 보석이 그들과 마찬가지로 지친 몸을 뉘이고 있었다.

"역시 이대로 가다간 답이 없겠지?"

"네."

유상호도 일이 이렇게까지 커질 줄은 몰랐다.

그리고 혈마강시란 것들이 그렇게까지 지독한 놈들인지도 몰랐었다.

마존이 보낸 전서에 쓰여 있던 내용은 이런 것이 아니었다.

그때는 마의에게서 들었던 주의도 그냥 대수롭지 않게 넘겼었다.

새삼 마의가 했던 말이 떠오른 그였다.

"지독한 마물이라고만 알면 된다."

마물.

그 이상의 단어가 생각나지 않을 정도였다.

"이 동굴이 얼마나 깊을 것 같으냐?"

"글쎄요. 바람이 불어오는 것이나 온도, 울리는 크기로 봐서 꽤 될 것 같은데요."

"그렇지?"

"설마 여기로 도망가자는 말씀은 아니겠지요?"

동굴을 막고서 독을 풀어버리면 낭패인 것이다.

"최대한 안으로 들어가서 숨어라. 그러면 내가 입구를 막고 놈들을 유인하겠다."

"위험합니다!"

유상호가 대번에 반대를 외쳤다.

"그리고 우리가 여기 남는다고 안전하다는 보장도 없지 않습니까?"

"아니. 놈들은 반드시 나를 따라올 것이다. 최소한 그 지긋지긋한 혈마강시와 그것들과 함께 온 것들은 나를 따라올 테지. 내가 혈마강시를 박살 낸 장본인이란 것을 알 테니까."

물론 사황성도 마존과 나머지들을 따로 생각하고 있었다.

사실 마존만 아니었다면 진즉에 죽었을 일행이었으니.

"아버지!"

전음을 날렸지만 마존은 대꾸도 하지 않았다.

"더 좋은 방법이 있느냐? 그리고 나 혼자라면 얼마든지 놈들의 추적을 따돌릴 수 있다. 그러니 아무 소리 말고 내 말대로 하도록 해라."

그 말도 일리가 있었다.

마존의 경공과 무공 실력이라면 정면으로 승부하기에는 무리가 있을지라도 유인한 다음에 따돌리는 것은 가능하였다.

"놈들이 우리를 먼저 잡으려고 할 수도 있습니다."

"그렇겠지. 하지만 정예를 남기지는 않을 것이다. 또 내가 그렇게 만들지 않을 것이고. 그렇게 되면 나머지 놈들은 어중이떠중이 모여든 놈들밖에 없다."

마존이 이런 계획을 세우는 데는 마승의 존재를 믿기 때문이었다.

사실 마승은 혈마강시가 나오기 전까지만 해도 일행의 선두에서 마존과 함께 적을 상대했다.

양손, 양발, 그리고 온몸을 이용한 그의 무공은 마존도 감탄한 바였다.

하지만 혈마강시에게는 아무런 소용이 없었다.

결국 손에 강기를 일으켜 싸웠지만, 팔다리를 자르는 것에 만족해야만 했다.

비극이라면 그 잘린 팔다리가 다시 붙었다는 것이지만.

아무튼 혈마강시만 아니라면 결코 호락호락 당할 마승이 아닌 것이다.

마존의 계획대로라면 모두 살아날 수 있었다.

물론 계획대로라면 말이다.

쿠르르르르릉!

삼 장여의 높이를 가진 입구가 오 장여의 깊이에서부터 무너져 내려 완전히 동굴을 막아버렸다.

안에서 바람이 불어온 것을 볼 때, 숨이 막혀 죽는 일은 없을 것이다.

쉬는 동안 체력을 회복하고 운공조식을 하고 나면 떨거지들을 상대할 수 있는 몸이 만들어지리라.

"자, 그럼 나도 준비 좀 해볼까?"

아스라이 사라지는 붉은 빛줄기 속에 검은 점들이 나타났다 사라지기를 반복하고 있었다.

"후읍!"

숨을 들이쉰 마존이 몸 구석구석에 힘을 쓰기 시작했다.

"끄으… 컥!"

퍽! 퍽! 퍽! 퍽!

막아두었던 혈도가 뚫리며 새로운 힘이 모여들었다.

하지만 그것도 잠시였다.

억지로 뚫은 덕분에 힘은 가질 수 있겠지만, 곧 부작용이 나타날 것이기 때문이다.

"천천히 풀었어야 하는 건데… 뭐, 어쩔 수 없지."

일단 분탕질을 친 후에 자리 잡고 몸을 추스르기로 했다.

저들이 이곳까지 오게 하고픈 마음은 없었다.

물론 이곳을 모르리라 기대하지는 않았다.

검을 꺼낸 마존이 호흡을 가다듬고 신형을 날렸다.

그런데 그 모습이 요상했다.

대놓고 달려가는 것이 아니라 어둠속에 몸을 감춘 채 움직였던 것이다.

조용히 어둠의 사자가 되어 적이 달려오는 곳으로 몸을 날리는 마존.

쿠쿠쿠쿠쿵!

멀리서 천둥소리가 요란하게 들린다.

＊　　　＊　　　＊

"사숙이 괜찮으실까?"

유상호가 철운영에게 다가가면서 말을 하였다.

철운영은 심하게 자책하는 중이었다.

이 자리에 있게 된 이유가 모두 자신 때문인 듯싶었기 때문
이다.

"죄송합니다."

"응?"

"모두 저 때문입니다."

"무슨 소리를. 운영아, 그런 생각할 필요 없어."

"아닙니다. 제가 고집만 부리지 않았더라도 이런 상황까지
는……."

"누님을 구하려던 거잖아? 운영이의 누님이라면 나에게도
누님이나 마찬가지이니 자책하지 마."

"누나?"

여명진이 고개를 들었다.

"그 청명이란 여승이 누나였어?"

이제야 모든 일을 눈치 챈 그였다.

아직까지 그는 철혜화와 일행 간의 관계에 대해서 모르고

있었다.

그래서 철혜화가 무슨 대단한 비밀이라도 간직한 인물로 알고 있었던 것이다.

철운영은 여명진이 철혜화와 자신의 관계에 대해서 알게 되었지만, 그다지 큰일은 아니라 생각했다.

어떻게 되었든 나중에는 알려질 사실이니까.

자신이 이곳에 왜 왔는지, 자신의 형제들이 왜 각 문파에서 감금 아닌 감금을 당했는지에 관해 얘기가 오갈 것이고, 그 일은 밝혀질 일이었다.

아무튼 아무도 여명진의 얘기는 듣고 있지 않았다.

"아닙니다. 철 소협의 잘못이 아닙니다. 모두 제 잘못입니다."

이번에는 곽정이 후회하고 나섰다.

"제가 무모한 계획을 세웠기 때문입니다."

"곽 소협의 잘못도 아닙니다. 결과론적으로 우린 사황성의 눈길을 끄는 데 성공했고, 많은 이들이 우리를 잡겠다고 나섰습니다. 고로 누님에게 집중되었던 관심을 우리에게 돌리는 데 성공했습니다. 그것이 목적 아니었습니까?"

"그렇지만 그 때문에 주인님이……."

"무사하실 겁니다. 사숙은 이런 정도에 어떻게 되실 분이 아닙니다. 사숙은……."

그렇게 말을 하는 유상호도 걱정되긴 마찬가지였다.

하지만 그는 마존을 믿었다.

무사할 것이라고.

"맞아! 너 때문이야! 이따위 계획을 세웠기 때문이라고! 쫓아오는 놈들만 해도 벅찬데, 그 괴물 같은 년들마저 끌어들이다니. 모두 너 때문이야!"

여명진이 이번에는 곽정을 힐난하고 나섰다.

"지금 자책하고 있을 시간이 없습니다. 어서 운공을 해서 몸을 회복해야 합니다. 우리가 여기서 무사히 빠져나가야 화 대협의 부담도 줄어들지 않겠습니까?"

마승의 말에 유상호, 곽정, 철운영이 자리를 잡더니 운공에 들었다.

"내가 무슨 잘못이 있다고 이런 꼴을 당해야 해? 내가 왜 여기서 이렇게 불안감을 느끼며 갇혀 있어야 하냐고!"

여명진은 억울했다.

진짜 살인적인 이동에 생각할 겨를도 없었고, 아차 하는 사이에 이미 사황성의 무리와 싸움을 하고 있었으며, '응?' 이란 생각이 들었을 때는 쫓기느라 정신이 없었다.

이제야 조금 맘 편히 생각할 시간이 도래한 것이다.

그러자니 너무나도 분했다.

예정대로라면 화려하게 무림에 등장하여 뭇 여인들의 시선을 받으며 능력없는 놈들의 질시를 즐겨야 했다.

멍청하게 싸움의 전면에 나선다는 생각은 절대로 없었다.

그의 사부가 늘 강조하는 것이 그것이었다.

혈문을 만들면서 사부는 정보의 중요성과 안전함에 대해서 얘기했다.

결코 전면에 나서지 않고 배후에서 조종하는.

지금의 하오문과 같은 체제를 구축하고자 한 것이었다.

하오문의 문주는 아직까지도 밝혀지지 않았고, 개방은 그것을 알아내기 위해 부단한 노력을 하는 중이었다.

그것을 위해 얼마나 노력을 했던가?

사실 무림맹이 나서기 전까지는 사부와 자신이 있는 위치를 아는 이들이 전무했었다.

동맹을 맺기 위해 잠시 안전 가옥에서 나왔던 것이다.

그와 사부가 모습을 드러낸 것은 욕심 때문이었다.

어중이떠중이 다 긁어모아서 혈문을 만들기는 했는데, 하오문과 같은 대접을 받지는 못했다.

만마성에서는 찬밥 취급받았으며, 녹림은 동맹이란 허울을 씌워놓고는 자신들의 수족처럼 이용하려 했다.

그래서 무림맹을 등에 업고 개방과 같은 위치까지 가보려는 생각이었던 것이다.

그런데 지금 이 모양 이 꼴이었다.

결코 그와 사부가 원했던 것이 아닌 것이다.

"내가 왜 이 꼴로 여기 있어야 하냐고!"

고~ 고~ 고~ 고~

동굴을 울리는 처절한 울림.

눈을 돌리자 석상처럼 앉아서 운공하는 이들이 보였다.

슬쩍 그들을 바라보던 여명진도 자리에 앉더니 운공에 들었다.

"홍!"

예민한 여명진이 상처받았다.

*　　　*　　　*

숙!

짧은 바람 소리와 함께 혈향이 밤하늘을 타고 흘렀다.

비명 소리는 들리지 않았지만, 워낙 신경이 곤두서 있는 이들이 많았기에 그 혈향만으로도 살인이 벌어졌다는 것을 알 수 있었다.

"이쪽이다!"

한 사람의 외침에 우르르 몰려드는 이들.

그들의 얼굴에는 초조함과 공포, 분노와 피로가 얼룩져 있었다.

"어디냐!"

무리를 이끌고 있는 흑사가 주위를 돌아보며 신경질적으로 외쳤다.

사존 능운상에게 혈마강시를 받았을 때는 세상이 전부 내 것 같았다.

그녀들을 이끌고 아미를 박살 낼 때는 무엇이든 할 수 있을 것 같았다.

하나 그의 자신감은 점점 사라지고 있었다.

놈들을 잡기 위해 혈마강시 하나를 이끌고 갔던 자신의 경쟁자인 잠마가 혈마강시만 잃고 돌아와 사존의 분노를 사 육시가 되었을 때는 속이 다 시원하였다.

그와 동시에 놈들, 정확히는 거대한 검을 들고 혈마강시를 조각냈다는 놈에 대한 두려움도 있었다.

그러나 자신은 혈마강시를 여덟 구나 가지고 있고, 데리고 온 인원만 거의 육백에 이르렀다.

그렇기에 자신감이 충만했건만, 상황은 그가 바라는 대로 흘러가지 않고 있었다.

"여기 시체가 있습니다!"

"이런, 찾아라! 멀리 못 갔을 것이다!"

어둠이 내린 지 이제 겨우 한 시진이 지났을 뿐이었다.

그사이 데리고 온 이들 중에서 벌써 칠십여 명이 당했다.

남아 있는 이들의 사기도 바닥으로 떨어진 지 오래였다.

혈마강시의 힘을 믿고 기고만장했던 이들이 이제는 죽음의 공포와 싸우고 있는 것이다.

"흑사님."

"왜!"

흑사는 수하의 부름에도 신경질을 낼 만큼 신경이 날카로워져 있었다.

그의 주위에는 혈마강시들이 붉은빛을 요요하게 발하면서 지키고 있었는데, 그럼에도 불구하고 그는 공포를 느끼고 있었다.

무적이라 생각한 혈마강시에 둘러싸여 있으면서도.

그것은 마존에게 죽을지 모른다는 생각에서가 아니라, 이대로 돌아가서 사존에게 당할 문책이 더 두려웠기 때문이다.

"우리를 습격하는 놈은 하나, 아니면 둘일 것입니다."

"그런데?"

"아까 놈들은 여섯이었지 않습니까?"

"아! 놈들의 흔적은?"

"그것이……."

"놓쳤냐?"

"놈들이 간 방향과 흔적을 따라서 추격대를 보냈지만 아직까지 소식이 없습니다."

"그럼?"

"네. 아마도 당한 것 같습니다."

"음, 좋다! 모두 함께 간다. 흔적을 찾도록!"

"그럼 놈은?"

"필시 이런 수작을 부리는 것은 우리를 묶어두기 위함이다. 놈의 동료를 찾으면 알아서 나타날 테지."

"알겠습니다."

수하와 얘기하는 동안에 혹사도 냉정을 되찾았다.

'놈이 우리 앞에 모습을 보이지 않는 것은 분명 혈마강시를 두려워하기 때문이다. 그렇지 않다면 진즉에 모습을 보였겠지. 내가, 아니, 우리가 우위에 있는 것이다. 놈이 모습을 보이기만 한다면!'

냉정하게 생각하자 지금 습격자를 쫓아다닐 필요가 없었다.

잡을 수 없다면 나오게 만들면 되는 것이다.

혈마강시들을 바라보자 다시 자신감이 들었다.

그동안 초조했던 자신이 바보 같았다.

"현재 위치는?"

"정확하지는 않지만, 운남과 맞닿은 고현현 부근 같습니다."

"그래?"

너무 깊이 들어왔다.

조금만 더 갔다면 군부와 마찰을 빚을 뻔했다.

'아니, 이미 우리의 움직임을 파악했을지도.'

인원이 너무 많았기 때문이다.

아무리 군부가 침묵하고 있다고 해도 더 이상의 자극은 참아야 했다.

만약 그들이 위협으로 간주한다면 지금 있는 인원은 상대도 되지 않는 몇만의 단련된 군사가 자신들을 잡으러 출동할 것이다.

슬쩍 혈마강시를 바라봤다.

'이것들만 있으면……'

하지만 이내 고개를 저었다.

아무리 혈마강시가 있다고 하여도 군부에 싸움을 거는 것은 멍청한 짓이었다.

만일 혈마강시가 무적이었다면 어째서 성주가 눈치를 보고 있겠는가?

진즉에 혈마강시를 앞세우고 무림, 아니, 황성을 향해 나아
갔을 것이다.

그리고 지금은 자신이 부리고 있지만, 엄연히 성주의 명만
받는 것들이었다.

'아니지. 귀곡자도 무언가 수작을 부려놨겠지.'

여기서 일을 마무리하고 나면 귀곡자에게 잘 보여야겠다고
생각했다.

흑사는 성주의 총애를 받고 있지만, 야심이 없는 것은 아니
었다.

아미파를 뭉개면서 얼마나 희열에 젖었던가.

당시가 떠오르자 더욱 혈마강시에 대한 탐욕이 솟았다.

'성주는 빈틈이 없는 사람이다. 하지만 귀곡자는 다르지.
여기 일만 해결하고 나면…….'

"흔적을 찾았습니다."

"그래? 가자! 들어라! 내가 명령할 때까지 무조건 앞만 보고
달린다. 알았느냐!"

"예!"

흑사를 선두로 우르르 몰려가는 이들을 숨어서 지켜보던 마
존의 마음이 다급해졌다.

'이것들이 멍청했으면 끝까지 멍청해야지, 왜 가끔 똑똑해
지냔 말이다!'

그들의 뒤를 바짝 쫓으며 마존이 검을 고쳐 쥐었다.

검붉은 검은 어둠 속에 묻혀 그 형체를 드러내지 않았다.

마치 마존처럼.

"크아아아악!"

비명 소리가 들리건만 사황성의 무리들은 걸음을 멈추거나 하지 않았다.

겨우 일각의 시간이 흘렀을 뿐이건만 벌써 오십여 명의 인원이 허무하게 목숨을 잃었다.

그 와중에도 이탈자가 없는 것은 떨어지게 되면 죽임을 당할 것이란 생각에서일 것이다.

마존은 위치가 들키는 것도 신경 쓰지 않고 적을 주살하는 데 집중해 있었다.

어차피 자신을 잡으려 들지도 않기 때문이었다.

유상호 등이 있는 곳으로 가기 전에 최대한 수를 줄여놔야 했다.

막 같이 가던 두 사람의 몸을 반으로 가른 마존이 다른 먹잇감을 향해 검을 날렸다.

깡!

"……!"

분명 인간의 몸이건만 불꽃이 튀면서 쇳소리가 들렸다.

이런 반응은 하나밖에 없었다.

바로 혈마강시인 것이다.

홀쩍 몸을 날렸지만 이미 그의 주위로 여덟 명의 인원이 포진해 있었다.

"으음……."

혈마강시들은 어느새 옷을 입고서 다른 이들 틈에서 달리고 있었던 것이다.

그것도 후방에서.

너무 인원이 많았고, 너무 서둘렀다.

그렇기에 혈마강시가 뿜고 있는 미약한 사기를 놓쳤다.

"던져라!"

흑사는 시간을 끌고 싶은 생각이 없는 모양이었다.

혈마강시가 마존을 포위하자마자 주위에 있는 수하들에게 암기를 던지도록 명령했다.

어차피 혈마강시는 자신들이 던지는 암기에 다칠 염려가 없었기 때문이다.

흑사의 말이 떨어지기도 전에 사방에서 수없이 많은 암기가 마존을 향해 날아갔다.

마존이 지금까지 보여준 행동 때문에 공포에 질린 이들이 마구잡이로 전력을 다해 암기들을 날렸다.

티티티티티티티팅!

어두운 산중에서 어울리지 않게 불꽃놀이가 시작되었다.

"죽여라!"

암기가 쏟아지는 가운데 혈마강시들이 마존을 향해서 공격을 시작했다.

'이런!'

혈마강시가 앞을 가로막자마자 일이 잘못되었다는 것을 알고 몸을 날리려 했지만, 이미 후방을 포함해서 모든 방위가 점령당한 상태였다.

섣불리 허공으로 떠올랐다가는 혈마강시들에게 잡힐 수도 있었다.

만약 잡힌다면 힘을 제대로 쓸 수 없을 것이고, 그 순간 혈마강시에게 당할 것이다.

이놈들은 이전 것보다 더 뛰어난 놈들이었다.

단 한 구를 처리하면서도 전에 처리했던 두 놈보다 더욱 힘들었던 것이다.

거기다 행동도 더욱 민첩했다.

그렇기에 걱정도 했지만, 무식하게 이렇듯 한꺼번에 여덟이나 보낼 줄은 생각도 못했다.

정신없이 암기가 날아왔지만 호신강기 덕분에 버틸 수는 있었다.

가끔 호신강기를 전문적으로 파괴하는 암기가 하나둘 있었지만, 워낙 숫자가 적었기에 막을 수 있었다.

'어떻게 한다?'

필사적으로 머리를 굴리고 있었지만 답은 나오지 않고 있었다.

그러다 문득 혈마강시들을 보게 되었는데, 무언가를 기다리는 것처럼 움직이지 않고 있었다.

자신이 바라던 틈이었다.

암기들만이라면 아직 희망이 있는 것이다.

순간 지둔공을 이용해서 땅을 파고들어 가는 마존.

그때 흑사의 공격 명령이 떨어지고 혈마강시들이 마존을 향해 달려들었지만, 이미 마존의 몸은 땅속 깊숙이 들어간 상태였다.

콰콰콰콰콰쾅!

혈마강시들이 무식하게 땅에 공격을 퍼붓는 것을 본 흑사는 일이 잘못되었다는 것을 느꼈다.

"젠장!"

거침없이 땅을 파고들어 가는 혈마강시들이었지만, 지둔공을 익힌 무인보다 빠를 수는 없었다.

이대로라면 놈을 놓칠 것 같았다.

"네놈 뜻대로 될 줄 아느냐?"

'어차피 놈은 동료가 있는 곳으로 갈 것이다. 놈보다 먼저 가면 그뿐!'

"어떻게 되었느냐?"

"멀지 않은 곳에서 신호가 왔습니다."

흑사는 마존을 공격함과 동시에 몇 명을 비밀리에 흔적을 찾는 데 동원했다.

"좋아, 가자!"

흑사 등이 떠난 자리에 마존이 나타났다.

‘포기하지 않을 셈이군.’

이대로 가다간 모두 죽는 수밖에 없었다.

너무 안일하게 생각한 자신의 잘못이라고 자책했다.

“으음……”

단전이 시려온다. 아마도 무리하게 혈을 풀고 힘을 쓴 덕분인 모양이었다.

이대로 가다간 진짜 죽을 것 같았다.

‘어떻게든 아이들만이라도 빼돌려야 할 텐데.’

지금 사황성의 무리들이 향하는 곳은 유상호 등이 숨어 있는 곳이었다.

빠르면 반 시진 안에 도착할 것이다.

그 안에 놈들의 시선을 따돌리든 놈들을 죽이든 해야 했다.

“그래, 오늘 한번 죽어볼까?”

어차피 얼마 남지 않은 인생, 마지막은 자식들을 위해서 쓰는 것도 좋을 것 같았다.

“뭐, 마의가 알아서 잘하겠지.”

자신이 떠난 후의 일도 걱정이 되었지만, 마의를 믿기로 했다.

유상호가 살아서 돌아간다면 자식들을 알게 될 것이고, 그들의 안전을 위해서 최선을 다해주리라.

그렇게 생각하자 마음이 편해졌다.

몸도 한결 가벼운 것 같았다.

“가볼까?”

퉁!

땅을 박찬 마존의 신형이 사황성 무리들을 향해서 빛살처럼 쏘아졌다.

"우우~"

가슴속에서 솟아오른 사자후가 어두운 밤하늘에 메아리친다.

第九章
죽고자 하면 죽는다?

魔考放浪記

미존유랑기

"놈입니다!"

"신경 쓸 것 없다! 무조건 달려라!"

마존이 대담하게 나오면 나올수록 흑사는 그 행동을 반겼다.

그렇게 행동하는 것 자체가 자신들이 향하고 있는 곳에 놈의 일행이 있다고 생각했기 때문이다.

"크악!"

이미 비명 소리가 들리고 있었지만, 흑사는 뒤도 돌아보지 않았다.

이렇게 끌려 다니다간 답이 안 나온다고 생각했던 것이다.

거기다 지금 죽는 것들은 모두 이번에 찾아온 사파 조무래

기쁜이었다.

사황성의 무사라 부를 수 있는 이들은 모두 자신의 곁에서 혈마강시와 함께 산을 오르고 있었다.

저 뒤에 있는 것들이 얼마가 죽어나가든 자신과는 상관이 없다고 생각한 것이다.

'흥! 버러지 같은 것들!'

흑사의 입장에서는 무턱대고 몰려든 것들을 거를 필요가 있었다.

'차라리 잘됐군.'

아미가 무너지자마자 달려온 이들은 더 이상 기댈 곳이 없는 것들이었다.

그런 놈들이 필요할 정도로 궁한 사황성이 아닌 것이다.

차라리 조금 더 상황을 살피다 합류하는 놈들은 교활한 면이라도 있으니 부려먹기 좋았다.

멍청하지는 않으니까.

이 기회에 버러지 같은 것들을 추려내기로 했다.

흑사가 이렇게 생각을 하는 동안에도 뒤에서는 끊임없이 비명 소리가 울리고 있었다.

"빌어먹을 놈!"

마존도 흑사의 생각을 눈치 챘다.

지금 그의 검에 죽는 놈들은 이들 중에서 가장 무위가 떨어지는 것들이었다.

입술을 깨문 마존이 신형을 날렸다.

검을 마구잡이로 휘두르며 최대한 앞으로 전진하려는 생각이었다.

이렇게 가다가는 십중팔구는 포위될 가능성이 있었지만, 그것이 문제가 아니었다.

만일 동굴이 있는 곳에 도착해서 안으로 한 구의 혈마강시라도 들어가는 날에는 사태가 걷잡을 수 없는 방향으로 치달을 테니까.

"이 개자식들아!"

마존이 악을 쓰면서 한가운데로 돌파하자 무리들이 동요했다.

그도 그럴 것이, 마존의 검에 맞은 이들이 형체도 알아볼 수 없을 정도로 잔인하게 펑펑 터져 나갔기 때문이다.

검에 닿든 안 닿든 상관이 없었다.

검이 휘둘러지는 궤적에 있는 것이면 사람이면 사람, 나무면 나무 할 것 없이 모조리 포탄을 맞은 것처럼 부서졌다.

"놈이 돌진해 옵니다!"

"얼마나 남았느냐!"

흑사가 다급하게 물었다.

지금 여기서 싸울 수는 없었다.

싸울 장소는 자신이 골라야 했다.

그래야만 놈이 도망가는 것을 막을 수 있는 것이다.

"오십여 장 남았습니다!"

멀리 그들을 기다리는 불빛이 보였다.

혹사도 그것을 볼 수 있었다.

"달려라! 뒤는 돌아보지 마라!"

이제 곧 자신이 원하는 곳으로 놈을 유인할 수 있을 것이란 희망에 혹사가 소리 높여 외쳤다.

사십 장, 삼십 장, 이십 장.

가까이 다가가면 갈수록 뒤에서 들려오는 비명 소리가 줄었다.

십 장, 오 장!

드디어 추격대로 보낸 이들이 있는 곳에 도착했다.

"빨리 전열을 가다듬어라!"

혹사가 말을 하지 않아도 동굴이 있었을 것으로 추측되는 곳을 등진 채 사황성의 무사들이 앞을 노려보고 있었다.

그러나 마존의 모습은 보이지 않았다.

마지막으로 숨을 헐떡이며 달려오는 이가 보였음에도 마존의 모습은 어디에도 없었다.

"놈은? 놈은 어떻게 된 것이냐?"

혹사가 다그쳤지만 알고 있는 이들이 있을 리 없었다.

뒤에 남은 이들은 그야말로 사력을 다해 앞만 보고 달렸으니까.

"이 개자식, 죽여 버리겠다~!"

소리를 질러봐야 없는 마존이 나타날 리 없었다.

“짜식, 목청 좋네.”

마존이 뒤에서 들리는 흑사의 목소리를 들으며 품평을 했다.

그런 그의 옆으로 유상호 등이 달리고 있었다.

“쫓아오겠지요?”

“당연하지. 지금 발광하는 것 봐라. 아마도 곧 움직일 거다. 그 안에 최대한 멀리 도망가야지.”

마존의 말에 일행의 발걸음이 더 빨라졌다.

마존이 유상호를 만난 것은 동굴에 거의 다다라서였다.

전음을 받은 마존이 그 자리를 피했던 것이다.

지둔공은 마존만의 전유물이 아니었기에 일행은 몸을 추스르자마자 동굴을 빠져나와 동굴이 보이는 곳에서 자리를 잡고 있었다.

그러다 마존이 보이자 그를 빼돌렸는데, 이 상황은 마존의 착각에서 벌어진 행운이었다.

만일 마존이 유상호 등이 빠져나갔다는 것을 알고 있었다면 아까와 같이 처절하게 달려들지 않았을 것이고, 그렇다면 흑사가 정말 동굴에 일행이 있을까란 의심을 품었을지도 몰랐다.

그렇게 되었다면 동굴로 가는 것보다는 마존을 잡거나 주위에서 흔적을 더 찾으려 했을 것이다.

아니라면 천천히 마존의 위치를 파악해 가면서 대처를 하거나.

그렇지 않은 것은 워낙 마존의 행동이 절박했기 때문이다.

무지도 때론 도움이 되곤 한다.

"어디로 갈까요?"

"여기가 어디쯤인 것 같으냐?"

"운남과의 경계 부근일 것입니다."

"이 부근이지?"

철혜화가 마지막으로 목격된 곳을 묻는 것이었다.

그 대답은 여명진이 해야 하지만, 여명진은 뒤도 안 돌아보고 발을 놀리느라 그 말을 듣지 못했다.

"이 부근이냐고!"

갑자기 달리던 걸음을 멈춘 여명진이 귀를 부여잡고는 주저앉았다.

마존의 전음이 고막을 터뜨릴 것처럼 달려들었기 때문이다.

정신을 차린 그가 앞을 바라보자 자신은 신경도 쓰지 않고 열심히 달려가는 이들이 보였다.

"청명으로 보이는 이들이 쫓긴 곳이 이쪽이야?"

"맞다!"

귀가 웅웅 울리는 와중에 또다시 채근을 하자 짜증이 난 여명진이 같은 수법으로 전음에 음공을 가미해서 마존에게 되돌려 줬다.

하지만 마존은 아무런 타격을 받지 않은 것처럼 그냥 달리고 있었다.

"잠시만 기다려 주십시오."

마승이 신형을 세우며 일행을 불렀다.

그러자 마존 등이 걸음을 멈췄고, 그사이 여명진이 뒤떨어져 있던 거리를 따라잡았다.

"무슨 일인데?"

"이 부근이 그분의 행적이 발견된 곳이라면 아직 돌아가지 않은 이들이 있을지도 모릅니다. 이렇게 무턱대고 달리다가는 그들에게 발각될 수도 있지 않겠습니까?"

"누가 몰라? 그래서 최대한 은밀한 곳으로 이동하고 있잖아."

"그게 문제입니다."

마승이 말을 했지만 알아들은 이는 딱 세 명이었다.

"아!"

유상호와 곽정, 철운영이 동시에 입을 연 것이다.

"왜 그러냐?"

여전히 알아듣지 못하는 마존은 물었고, 마찬가지로 알아듣지 못하는 여명진이었지만 침묵했다.

"그 남아 있는 놈들이 뒤지는 곳이 어디겠습니까?"

"응? 그야 은밀한……."

말을 하다 보니 마승이 무엇을 말하는지 알게 되었다.

주위를 둘러본 마존이 괜찮다는 듯이 말을 하였다.

"아무도 없어. 그러니 이제부터라도 조심해서 움직이면 되겠지."

"그것이 아닙니다. 지금은 밤이고 아무리 조심한다고 해도 우리의 움직임은 눈에 띄게 되어 있습니다. 특히나 저 멀리 산등성이 같은 곳에서 바라보고 있다면 우리로서는 알 도리가 없는 법이고요."

"쳇! 발각된다고 그놈들이 우리를 잡으러 올 것도 아니고, 우리가 먼저 사천을 빠져나가면 되는 것 아닌가?"

놈들의 시선을 끌어서 철혜화가 움직일 공간을 만들었다고 생각한 마존이었다.

무엇보다도 너무 위험했기에 일단 철수하려고 했다.

"놈들에겐 전서구가 있습니다. 그리고 지금 이곳에서 사천을 벗어나려면 놈들의 세력권을 지나야 합니다. 그런 마당에 우리의 위치가 발각된다면 분명 우리를 기다리는 것이 있을 것입니다."

그것이 무엇인지는 보지 않아도 알고 있었다.

그 지독한 마물인 혈마강시라는 것을.

"더 있을까?"

"모르지요. 하지만 있다고 가정을 해야 하지 않겠습니까?"

"더 있단 말이지? 봐서 알겠지만, 여덟 구만으로도 치가 떨릴 만큼 강한 놈들이었다. 그런데 그런 것들이 더 있단 말이지? 그럼 그놈들이 참고 있는 이유가 뭐지? 그런 무지막지한 것들이 더 있으면서도 참는 이유가 뭐냔 말이야?"

마존의 말마따나 더 이상 참을 이유가 없었다.

혈마강시만 앞세우고 돌진을 해도 청성이나 당가는 막을 수 없을 것이다.

　지금 마존 등도 지킬 것이 없었기에 도망치느라 살 수 있었지만, 만일 무언가 지킬 것이 있는 상황이라면 도망도 가지 못하고 죽으리라.

　마존의 말에 누구 하나 딱히 답을 내놓지 못했다.

　"아무리 최악의 상황을 가정한다고 하지만, 놈들이 더 있으면서도 참는다는 것은 이해가 가지 않는데?"

　"그렇지도 않습니다."

　곽정이 조심스럽게 입을 열었다.

　"뭐가?"

　"지금 혈마강시들을 봤지만, 완성체라고 보기는 어렵습니다."

　"뭐?"

　"제가 들은 혈마강시는 환골탈태의 고수 서너 명이 합공을 해야 잡을 수 있는 존재였는데, 이미 화 대협의 손에 의해서 한 구가 파괴되었습니다. 그것으로 봐서 저것들은 실패작이거나 미완성품일 가능성이 높습니다. 그렇게 따진다면 완성품은 미완성품의 세 배, 아니, 네 배까지의 가치가 있다는 말이 됩니다. 어쩌면 더 될 수도 있고요."

　"그렇다면?"

　곽정이 얘기하는 것을 알아들었는지 유상호가 침중한 목소리로 물었다.

　"예. 지금 놈들은 완성품을 만들기 위해 시간을 버는 것일지도 모릅니다."

"그럼 지금 나온 것들이 미완성품일 가능성은 희박하겠군
요. 그렇다면 실패작?"

"예. 그럴 것입니다. 미완성품이라면 이렇게 내돌릴 것이
아니라 완성품을 만들려고 노력할 것이니까요."

"실패작을 전부 내보냈다고 보십니까?"

"그것은 아닐 것입니다."

"그렇다면?"

"예. 더 있다는 말이 되겠지요."

서로 고개를 끄덕이며 말을 하는 두 사람을 마존이 흐뭇한
표정으로 바라보았다.

둘이 머리를 맞대며 계획을 세우는 모습이 만마성의 내일을
말하는 것 같았기 때문이다.

하지만 보기 좋다고 꼭 그것이 좋은 방향으로 발전된다는
가능성은 없었다.

지금만 해도 진실에서 점점 멀어지는 예측을 하고 있었기
때문이다.

*　　　*　　　*

"놈들을 잡았다는 보고는 아직 올라오지 않았느냐?"

말을 하는 사존의 얼굴에는 전혀 표정의 변화가 없었다.

이전 같으면 장난스런 미소라도 머금고 있었을 것인데, 지
금은 싸늘하기만 하였다.

“예. 아직……..”

쾅!

“어째서 아직이냐? 어째서! 혈마강시 여덟 구와 혈검대를 보냈는데도 부족하다는 것이냐?”

“물론 전력으로는 충분하다고 생각합니다. 하지만 워낙 놈들이 재빠르게 움직이는지라…….”

“갈! 그래서 떨거지들을 붙여줬지 않느냐! 그것들이 도움은 되지 않는다고 하여도 최소한 놈들을 추적하는 데는 쓸 수 있을 것이거늘!”

“……..”

소리치는 사존이나 고개를 수그리고 있는 귀곡자나 일이 생각처럼 쉽지 않다는 것을 알고 있었다.

다만 답답한 마음에 분을 쏟아내고 있을 뿐이었다.

“왜! 왜, 이런 일이 생긴단 말인가!”

쾅!

다시 탁자를 내려치자 박살이 났고 그 파편이 사방으로 마치 암기처럼 비산했다.

그중 몇 개가 귀곡자의 몸을 스쳤고, 그곳에서 피가 방울방울 흘렀다.

그 모습을 본 사존이 한숨을 쉬면서 의자에 앉았다.

“그 버러지는 지금 뭐 하고 있느냐?”

“지금쯤은 죽었을 것입니다. 어제 제가 봤을 때 몸통과 얼굴을 제외하고 거의 혈롱(血蠪)에게 먹혔었습니다.”

"흥! 그것도 너무 편한 죽음이다."

사존은 편한 죽음이라고 했지만, 가히 인간으로 겪을 수 있는 모든 고통을 겪다 죽는 것이 바로 혈룡에게 먹히는 것이었다.

핏빛 반점을 가지고 있는 개미 혈룡은 우연히 발견한 귀곡자가 키우는 놈들이었다.

그것을 이용해 사진을 만들려고 연구 중이었는데, 워낙 먹성이 좋아서 멧돼지 한 마리를 던져 놔도 두세 시진이면 뼈도 남지 않았다.

그런 혈룡을 이용하여 신체를 조금씩 갉아먹게 만들었던 것이다.

"어떻게 도리가 없겠느냐?"

"예. 일단 이 허장성세가 통하길 바라는 수밖에 없습니다."

"놈들이 설치면 설칠수록 그 가능성은 낮아질 것이다. 그래서 단숨에 끝내도록 모두 내보낸 것이거늘……."

사존이 이렇게 고민하는 이유는 혈마강시들의 마지막 조율 과정에서 일어난 어처구니없는 실수 때문이었다.

완성을 눈앞에 둔 아홉 구가 모두 불량품이 되어버렸다.

다행이라면 그나마 완전히 불량품은 아니어서 이전에 내보냈던 두 구의 혈마강시보다는 강하다는 것이었다.

지금 혈룡에 의해서 죽임을 당한 이는 일전에 혈마강시를 데리고 청운자 등을 죽이러 갔던 천우명의 아들이었다.

마존에 의해 최후를 맞으면서도 아들과 그 자식들을 생각하여 웃으며 죽어갔던 그이지만, 얼마 지나지도 않아서 아들도 같은 최후를 맞으리란 것은 몰랐으리라.

지금쯤 지하에서 통곡을 하고 있을 것이다.

"그 빌어먹을 놈의 가족은 어떻게 하였느냐?"

"계집은 귀랑대에 노리개로 던져 줬고, 그 자식들은 모두 실혼단으로 보냈습니다."

"실혼단? 문제가 생기지 않겠느냐?"

"넘길 때 이미 약을 배 이상 썼으므로 전혀 문제될 것이 없습니다. 얼마 안 있으면 무조건 복종하는 인형이 될 것입니다."

실혼단.

바로 마존이 부운장에서 상대했던 이들이 바로 그들이었다.

영혼 없는 인형들이었기에 두려움이 없었고, 망설임이 없었다.

오직 주인의 명에 의해 움직이는 살아 있는 강시들이 바로 그들이었다.

"그 개잡종만 아니었다면 벌써 사천을 평정하고도 남았을 것을!"

생각하면 생각할수록 분통이 터지는 일이었다.

모르면 모른다고 할 것이지 천우명의 아들이란 것에 혹한 것이 다시 생각해 봐도 바보스런 일이었다.

마지막 조율 과정은 귀곡자로서도 심혈을 기울여야 하는 일이었고, 자칫하다가는 낭패를 볼 수 있는 일이었다.

그때 찾아온 것이 천우명의 아들인 천지삼이었다.

그는 조용히 살라던 아버지 천우명의 당부를 잊고 제 발로 사황성의 문을 두드렸다.

천우명처럼 사황성에서 대접을 받고 싶었기 때문이다.

그도 혈마강시를 알았고, 마지막 단계에 접어들었다는 것도 알고 있었다.

도움이 필요할 것이란 것도.

천우명의 아들이란 이름 하나만으로도 귀곡자와 사존은 반색을 했고, 조율하는 과정에 참여를 시킨 것인데, 그만 천지삼이 엄청난 실수를 하는 바람에 거의 완성 단계에 있던 혈마강시 아홉 구가 불량품이 되어버린 것이다.

그 결과가 지금이었다.

사존은 마존 등이 설치는 것을 봐줄 수 없었다.

지금은 무림이 혈마강시의 힘에 겁을 먹고 대치를 해야 하는 입장이었다.

그런데 미꾸라지 한 마리가 물을 잔뜩 흐려놓고 있는 것이다.

허장성세를 위해 혈마강시를 여덟 구나 보내놨건만, 아직도 마존은 도망 다니고 있었다.

이대로 혈마강시와 사황성이 농락당하게 된다면 자신들에게 붙으려던 이들도 떨어져 나갈 것이다.

그렇게 되면 사황성의 앞날은 우울해질 것이다.

"더 뺄 수는 없겠지?"

"네. 일 년! 아니, 열 달만 있으면 완전한 혈마강시가 만들어
집니다. 그때까지는 무슨 일이 있어도 시간을 끌어야 합니다.
지금 약물에서 꺼낸다면 그것들도 마찬가지의 불량품이 되어
버립니다."

"으음……."

고민이었다.

똑똑.

"들어와라."

문이 열리고 들어온 이는 반짝이는 대머리였다.

그것을 본 사존의 눈썹이 꿈틀거린다.

"무슨 일이냐?"

"대지급으로 전서가 날아왔습니다."

수하의 손에서 전서를 빼앗다시피 하여 읽는 귀곡자의 얼굴
에 그늘이 졌다.

"무슨 내용이냐?"

"놈들이 포위망을 탈출하였다고 합니다!"

"뭣이라!"

"하지만 아직 기회는 있습니다. 놈들의 위치를 확실하게 파
악하고 있으니 앞에서 기다렸다가 잡으면 됩니다."

"그것은 확실한 것이냐?"

"네."

잠시 고민하던 사존이 이윽고 입을 열었다.

"내가 직접 가겠다."

“안 됩니다!”

귀곡자가 바로 반대했지만, 사존의 결심은 확고한 것 같았
다.

“그럼 누굴 보낼까? 이미 혈마강시 하나를 파괴한 놈들이
다. 그런 놈들에게 다른 놈들을 보낸다 한들 소용이 있다고 생
각하느냐?”

“아무리 그렇다고 해도 성주님이 직접 가신다는 것은 절대
안 될 말입니다!”

물론 사존이라고 걱정이 안 되는 것은 아니었다.

그가 누구인가?

바로 혈마강시를 만들고자 이 대에 걸쳐 노력한 장본인이
아니었던가.

혈마강시의 무서움을 누구보다 잘 알고 있는 그였다.

그렇기에 혈마강시를 단신으로 조각냈다는 놈이 부담스럽
지 않을 수 없었다.

“휴우~”

한숨을 내쉰 사존이 전서를 들고 왔던 수하에게 손짓을 하
였다.

그 손짓에 밖으로 신형을 옮기는 수하를 사존이 불러세웠
다.

“야.”

“네, 성주님.”

“앞으로 성에서 대머리가 눈에 띄면 머리를 박살 내버린다

고 전해라. 알았냐?"

"네?"

"알았냐고."

"아, 네. 알겠습니다."

사존의 말을 듣고 밖으로 나가는 무사의 얼굴에 절망감이 어렸다.

그는 머리를 깎은 것이 아니라 조기 탈모로 인한 자연적인 대머리였기 때문이다.

"이제 대머리라면 치가 떨린다."

방화범으로 지목되었던 놈도 대머리였고, 지금 사천에서 설치는 놈들 중에서 혈마강시를 박살 낸 놈도 대머리였다.

사존이 안정이 된 것 같자 귀곡자가 서둘러 말을 꺼냈다.

"어떻게 하시겠습니까?"

"얼마나 필요하다고 생각하냐?"

"어디에 쓰이는 것을 말씀하십니까?"

"중원!"

"최소한 다섯 구는 있어야 합니다. 그것도 완성품으로 말입니다."

"그렇지?"

"예. 공허 같은 자가 또 있을지는 모르겠지만, 대비를 하자면 그렇습니다."

"흠, 그놈은?"

"한 구로는 안 됩니다. 그렇다면 그놈도 최소한 두 구는 있어야겠지요."

"나머지 놈들은 별반 효과가 없었다는 것은 정말이지?"

"예. 살아온 놈들이 말하길, 그놈 혼자서 갑자기 힘을 내더니 순식간에 혈마강시를 토막 냈다고 했지 않습니까?"

"그것이 가능한 것일까?"

"저도 잘……."

"그때 천우명이 데리고 갔던 것들을 해치운 것도 그놈이었지?"

"네."

"그때는 그럴 수 있다고 생각했었다. 그 둘은 나도 쉽게 해치울 수 있었으니까. 하지만 이번에 보낸 혈마강시는 그렇지 않잖아? 일대일로는 나도 조금 힘에 부치는 놈이니."

"그게 의문입니다."

"음… 좋아. 그놈에게 세 구를 보내고 나머지 여섯 구를 최대한 서둘러서 완성품으로 만들어라."

"누구와 보낼까요?"

"귀랑대와 불사대를 모두 보내. 단, 비밀로."

"알겠습니다."

마존 하나 때문에 사황성 사대 중에서 두 개나 출동하는 것이었다.

그것은 모양새가 좋지 않았다.

사람들이 사황성을 우습게 여길 가능성이 있는 것이다.

이번에 보낼 인원은 무조건 비밀로 해야 했다.

마존 등은 사천에서 혈검대에게 죽은 것으로 되어야 하는 것이다.

귀곡자가 일을 처리하러 간 사이 사존이 서류를 하나 집어 들었다.

그곳에는 마존에 관한 것이 적혀 있었는데, 진가장 비무대회부터의 행적이 고스란히 있었다.

"응?"

특이한 사항이 있었다.

"분명 도끼를 들고 있었는데……."

적운산장과의 마찰 이후에 거대한 검을 들고 다닌다고 적힌 부분이 그의 눈에 들어왔다.

자세하게 알아볼 필요가 있었다.

"여봐라!"

"네."

"가서 민사종을 데려오너라."

"알겠습니다."

민사종은 정보를 취급하는 곳의 인물이었다.

"부르셨습니까?"

"적운산장에 가서 이놈이 검을 입수하게 된 경위를 조사해오너라. 필요하면 진가장에 복수를 할 수 있도록 힘을 빌려줄 것이라 하고, 최대한 자세하게 알아와야 한다. 알겠느냐?"

"네, 알겠습니다."

민사종이 나간 후에도 사존은 한참을 그 서류를 바라보고 있었다.

"뭔가 있어……."

그의 예감은 그렇게 말하고 있었다.

＊　　　＊　　　＊

"아무래도 이상해."

"예?"

마존이 달리다 말고 머리를 긁적였다.

"왜 그러십니까?"

"뭔가가 계속 뒤통수를 간질이거든? 분명 뭔가가 있는 것
같단 말이야."

그 말에 마승이 주위를 훑어보았다.

많았다.

저잣거리에 들어와 있으니 당연한 것이었다.

현재 여섯 명은 모두 변장을 한 상태였다.

대머리는 문사건과 갓으로 가리고, 옷은 최대한 화려하게
입고 마차를 타고 이동하고 있었다.

마존과 유상호, 철운영이 한 마차를 탔고, 곽정, 여명진, 마
승이 다른 마차를 타고 있었다.

"설마 미행이 있단 말입니까?"

얼마나 조심에 조심을 했던가?

가던 길을 돌아가기도 하였고, 한곳에 일행이 머물면 마존

이 주위를 둘러보고 오기도 했다.

일부러 빠르게 달리다가 천천히 가기도 했으며, 심지어는 위험을 무릅쓰고 군부대가 있는 곳을 가로지르기도 했다.

들켰다가는 군에 추적을 당할지도 모르는 일이었지만.

그렇게 조심을 했건만 마존은 찜찜하다고 말하고 있었다.

"정확하게 뭐라 말하기는 그렇다만, 분명 뭔가가 있는 것 같다."

"조금만 가면 호주현입니다. 그곳에서 배를 타면 바로 중경으로 갈 수 있습니다."

"그곳이라고 안전할까? 분명 놈들이 선착장에서 진을 치고 있을 것인데?"

"그렇기 때문에 선착장에서 배를 타지는 않을 것입니다. 우리는 중간에서 몰래 배에 올라야 합니다."

"음, 그것도 좋은 방법이긴 하다만 자칫하면 고립되어 갇힐 수 있다."

마존은 계속 뒤통수에 느껴지는 이 찜찜함이 마음에 걸렸다.

여기서 배를 타는 것은 스스로 불구덩이에 뛰어드는 것이라 생각되었다.

"그럼 어떻게 하는 것이 좋겠습니까?"

"모르겠다. 하지만 배는 절대 안전하지 않을 것 같구나."

"그렇다면 허를 찔러서 귀주로 들어가는 것은 어떻습니까? 어차피 여기서 귀주로 간다고 하여도 곧장 중경으로 가는 것이나 별반 차이가 없을 것 같은데 말입니다.”

“그럴까?”

“네. 그것이 좋겠습니다.”

“그럼 앞에 그렇게 얘기하고 이곳에서 마차를 보내도록 하자.”

“몰래 빠져나간 후에 마차는 그대로 호주현으로 가게 두는 것이 어떻겠습니까?”

“좋은 생각이다.”

마차가 멈추고 간단하게 음식을 먹은 마존 등은 마차를 타고 가다 꺾어지는 골목길에서 마차 바닥을 뚫고 몸을 숨겼다.

워낙 감쪽같은 움직임이었기에 주위에 걸어다니는 이들이 많이 있었음에도 불구하고 누구 하나 눈치를 채지 못했다.

그렇게 마을을 빠져나온 일행은 화려한 옷을 벗어 던지고 남동쪽을 향해 길을 잡았다.

아직 갓이나 문사건은 벗지 않았기에 반짝이는 대머리를 들킬 염려는 없었다.

“잠시 쉬었다 가자.”

마존이 멈춰 서자 일행은 자리에 쓰러지듯 앉아서 운공에 열중했다.

그 와중에도 마존과 마승은 주위를 훑어보기 위해 움직였다.

각기 다른 방향으로 달려간 뒤 원을 그리듯 돌아서 현 자리로 돌아오는 것이 이들이 지금까지 해온 방식이었다.

그들과 같은 경지에서 그 정도면 반경 백여 장은 꼼꼼하게 살필 수 있었고, 이백여 장은 작은 움직임도 볼 수 있었으며, 삼백여 장은 대충이나마 훑어볼 수 있었다.

그 정도면 거의 안심할 정도였다.

그럼에도 정찰을 마치고 돌아오는 마존은 찜찜함을 버릴 수 없었다.

“미치겠네!”

분명 느낌은 무엇인가 있다고 말을 하고 있었는데, 현실은 그렇지 못했다.

“뭐 본 것 있어?”

“없습니다.”

“흥!”

마존은 시종일관 마승을 삐딱하게 대했는데, 그 이유는 누구도 알지 못했다.

‘속 다르고 겉 다른 녀석. 그렇게 평생을 지내봐라. 네가 얼마나 더 나아갈 수 있나.’

마존은 마승의 문제점을 눈치 챘다.

마승의 속에 자리 잡은 괴물을 보았는데, 마승은 끝까지 고승의 흉내를 내고 있었다.

그 괴물을 깨우기 전까지 마승은 현 상태에서 더 이상 발전하지 못할 것이었다.

아니, 어쩌면 붕괴를 맞을 수도 있었다.

그런데 그것은 마존이 생각하는 것처럼 마승이 겉 다르고 속 다른 가증스러운 놈이라서가 아니었다.

아직 가르침이 부족한 상태였기 때문이다.

전대 마승은 이미 그 시기를 지나 괴물을 잠재우는 경지에 오른 인물이었다.

다만 그 괴물을 억지로 키우거나 깨우려 한다면 오히려 잡아먹혀 살성이 될 가능성이 있기에 자연스럽게 괴물을 깨우길 기다리는 중이었다.

그 자신이 그랬던 것처럼.

그러다 공허의 실종이라는 사태가 벌어졌고, 미처 준비를 다 못한 마승이 속세에 내려오게 된 것이었다.

물론 전대 마승이 반대를 했다면 불가능한 것이었으나, 그는 반대하지 않았다.

이 기회에 제자가 잠들어 있는 괴물을 깨울 기회를 얻길 바란 것이었다.

살기라는 괴물을.

마존과 마승이 잠깐 휴식을 취하는 동안 유상호 등이 깨어났고, 건량으로 요기를 하고는 다시 길을 떠났다.

"원래 여기가 이렇게 왕래가 없는 곳이었나?"

마존이 이상하게 여길 정도였으니, 다른 이들은 어떻겠는가.

모두들 어리둥절함을 느끼고 있었다.

산이라지만 관도가 깔린 곳이었다.

그곳을 피해 움직이고 있었지만, 그리 멀지 않은 곳에서 달리고 있었기에 관도가 훤히 보였다.

그런데 그 관도에 세 시진째 사람 하나 찾아볼 수 없는 것이다.

모두 달리던 걸음을 멈추고 각자 사방을 경계했다.

당연히 마존과 마승이 무리를 이탈해 광범위한 정찰에 나섰다.

"달려!"

마존이 뛰어오면서 소리를 지르자 일행은 일언반구도 없이 몸을 날렸다.

뒤이어 마승도 일행을 향해 신형을 날려오고 있었다.

"무슨 일입니까?"

마승이 묻자 마존이 뒤를 가리켰다.

힐끗 일행이 뒤돌아보자 산마루를 넘어서 달려오는 이들의 모습이 보였다.

그리고 그 선두에는 그 지긋지긋한 혈마강시의 모습도 보였다.

붉은 머리를 휘날리며 달려오는 여인들.

"설마?"

"그래. 우리를 쫓던 놈들이다. 지금까지 계속 쫓아오고 있었던 거야."

"하지만 어떻게……."

“나도 그게 의문이다.”

의문이 들었지만 지금은 한가하게 의문을 풀고 있을 상황이
아니었다.

둘씩 짝지어서 넓게 퍼지며 일행을 포위하듯 쫓아오고 있었
기 때문이다.

만일 단번에 한곳을 돌파하지 못하고 발목이 잡힌다면 나머
지 혈마강시들이 달려들 것이었다.

그것을 알기에 죽어라 달리는 것이다.

그러나 그들을 절망에 빠뜨리는 사건이 벌어졌으니, 정면에
서 그들을 기다리는 이들이 있었다.

“제길! 뚫고 간다!”

마존이 검을 뽑으며 달려가자 정면에 자리 잡고 있던 이들
중에서 세 명이 그를 향해 신형을 날려왔다.

검은 야행복으로 온몸을 가린 이들이었는데, 그 몸놀림이
매우 날쌨다.

“하앗!”

정면을 향해 검을 휘두르자 순식간에 검에 강기가 씌워지며
적들의 몸을 갈라갔다.

캉!

“……!”

듣고 싶지 않았던 소리였다.

강기와 부딪치며 불꽃을 피우는 신체가 세상에 얼마나 되겠
는가?

하지만 마존의 공격이 성과가 없는 것은 아니었다.

정면에서 덤비던 야행복의 인물이 반으로 갈라졌던 것이다.

그러나 나머지 둘은 그 공격을 피해 다른 이들을 향해 몸을 날리고 있었다.

이미 자신들을 향해 달려오는 이들이 어떤 것인지 눈치 챈 그들이었다.

그렇다. 혈마강시인 것이다.

마승은 자신에게 신형을 날려오는 혈마강시를 향해 강한 장력을 날렸는데, 일단 혈마강시를 떨어뜨려 놓을 생각이었기에 타격보다는 밀어버리는 데 집중했다.

펑!

마승의 장력에 맞은 혈마강시가 뒤로 튕겨 나갔다.

퍼퍼퍼퍼펑!

그런 혈마강시를 향해 장력을 집중시키는 마승.

최대한 허공에 떠 있을 때 거리를 벌려두려는 속셈이었다.

유상호 등이 있는 곳은 그렇게 한가하지 않았다.

마존을 제외하고 일대일로 혈마강시를 막을 이는 아무도 없었기 때문이다.

"부딪치지 마!"

유상호가 외치자 곽정과 철운영이 동시에 장력을 발출했고, 그곳을 향해 유상호가 들고 있던 도끼를 집어 던졌다.

"가랏!"

빠른 속도로 회전하면서 쏘아지는 도끼의 겉면에 희미한 아지렁이가 일렁이고 있었다.

기를 이용해 감싼 것이다.

쾅!

유상호의 도끼와 곽정, 철운영의 장력이 동시에 혈마강시를 강타했고, 그 결과 혈마강시를 뒤로 물릴 수 있었다.

유상호는 뒤로 날려가는 혈마강시를 보면서 미소를 지었다.

곧 마존이 달려올 것을 알고 있기 때문이었다.

그때 그의 눈에 믿고 싶지 않은 광경이 들어왔다.

"안 돼~!"

피를 뿌리며 쓰러지는 철운영과 곽정.

그들의 옆구리는 쩍 벌어진 채 붉은 선혈을 쏟고 있었다.

그 결과를 만들어낸 여명진은 날아가는 혈마강시를 지나쳐 그들을 기다리고 있던 사황성의 인물들에게로 달려가고 있었다.

정적이 흘렀다.

서서히 쓰러지는 철운영과 곽정의 모습을 보고 있던 마존이 순간 굳었다.

유상호가 달려가는 모습이 눈에 들어왔지만, 움직이지 못했다.

마승이 재차 달려드는 혈마강시들을 향해 장력을 퍼붓고 있었지만, 움직이지 못했다.

쓰러지는 철운영과 곽정이 유상호의 품에 안겼다.

"아버지~!"

유상호의 처절한 외침.

마존의 눈이 점점 위로 치켜 올라갔다.

그의 전신에서 스멀스멀 살기가 솟아올라 왔다.

"우아아아아아악!"

엄청난 사자후와 함께 화무정의 탈을 깬 그가 돌아왔다.

마존이 본모습을 찾은 것이다.

그런 그를 향해 달려드는 혈마강시들.

피의 서막은 이제 막 올라갔을 뿐이다.

『마존유랑기』 제5권에 계속…

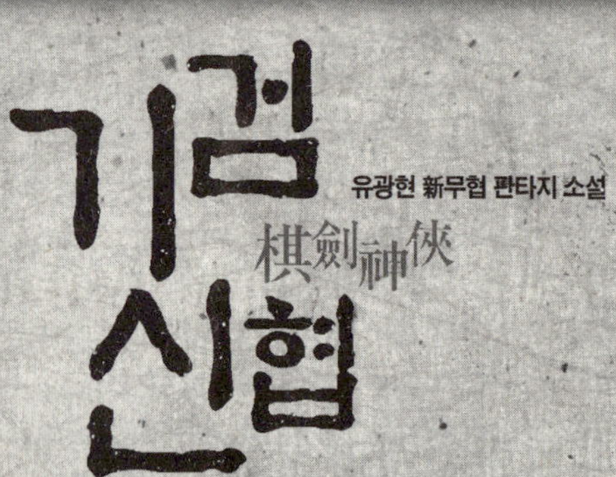

기검
신협

棋劍神俠

유광현 新무협 판타지 소설

기검(氣劍)도 아니고 기검(奇劍)도 아닌,
기검(棋劍) 이야기.

신의 한 수!!
천상의 바둑에서 탄생한 도선비기.
그리고 그 속에 숨겨진 궁극의 심법.

강탈당한 신서(神書) 도선비기(道詵秘記)를 회수하고
조선 무예의 근간을 지켜라!

눈부신 활약과 함께 펼쳐지는 무한의 힘찬 날갯짓.
이제 더 이상 그는 하찮은 천출이 아니다!!

유행이 아닌 자유추구 —
WWW.chungeoram.com
Book Publishing CHUNGEORAM

CHARM MASTER
참마스터

눈매 퓨전 판타지 소설

부적(Charm)이란

만드는 자의 정성, 만드는 자의 능력, 받는 자의 믿음,
이 세 가지가 충족되어야 최고의 힘을 발휘한다.

이계에서 넘어온 영환도사의 후손 진월랑!
아르젠 제국의 일등 개국 공신 가문이었던 이계인 가문, 진가가 하루아침에 몰락했다.
그것도 가장 믿었던 사람으로 인해.

홀로 살아남은 어린 월랑은 하루하루 생존 게임이 벌어지는
살인자들의 섬으로 보내지는데…….

독과 부적의 힘을 손에 넣은 진월랑!
그가 피바람을 몰고 육지로 돌아온다.

백팔살인공을 한 몸에 지닌 그를
훗날 천하는 그렇게 불렀다.

大武神 대무신

임영기 新 무협 판타지 소설

무간백구호(無間百九號). 태무악(太武岳).
신풍혈수(神風血手). 대살성(大殺星).

고독한 소년이 세 살 때의 기억을 좇아
천하를 상대로 싸우면서 열아홉 살 때까지 얻은 이름들.
그리고 백팔살인공(百八殺人功).

大武神

백팔살인공을 한 몸에 지닌 그를 훗날 천하는 그렇게 불렀다.